123成人式

新井一二三

【自序】

那十五歲少女

新井一二三

我寫書是為了報恩。

曾經很長時間，我非常孤獨，除了書本以外，連一個好朋友都沒有。即使有人願意認識我，始終婉轉地拒絕了。因為小時候受過精神創傷，感情上滿是瘡痂，別人無意碰一下，我都會痛得呻吟。

幸虧身邊總是有書看。

記得有一次，我在某一個外國城市參加了圖片集的出版紀念會。傍晚在鬧區的畫廊，穿著瀟灑的白種男女一個接一個地走進來，各個拿著酒杯，體態輕盈地跟熟人、生人談笑風生。我一個人坐在入口邊的摺疊椅子，全身凍結地盯住地板。

我跟攝影師只有一面之交。他友善地邀請我參加出版紀念會，我鼓起勇氣去了。但是主人好像太忙了，根本不來跟我說話。我覺得極其尷尬，恨不得跑開，但也不敢，只好迴避別人的視線，專心盯住塑料地板。

就是那個時候，有個蘇格蘭人模樣的老先生，站在我面前說：「What a face! You must be a writer.（看你這張臉，應該是作家吧！）」說畢，他就混進人群去了。我聽到別人喊他的名字。原來是位著名小說家。

我至今不清楚，他那句話究竟是甚麼意思。不過，竟有陌生人看出我終生的志願，心靈的職業，而且那是行家大前輩，我深受感動了。

十年過去了。這是我在台灣出版的第七本書。所收錄的文章，都登在《國語日報》的專欄「東京書迷錄」。第一次為年少讀者寫文章，當初我有點緊張。可是，一開始寫，就相當順利了。青春前期的記憶，以前幾乎沒寫過。回想起來，那十五歲少女，雖然是過去的我，但是如今覺得很遙遠，好比跟前世一般。關於她，我有很多事情可講；也有很多事情，現在的我想要告訴她。於是，喋喋不休地寫了五十二篇有關成長的故事。

我感謝《國語日報》的責任編輯湯芝萱小姐以及大田出版社各同仁。跟早年自己相遇，是滿特別，滿幸福的經驗。

卷一 現實和遠景

contents

contents

卷三 日本之味

卷一

現實和遠景

你值得被愛

生日蠟燭、蛋糕消失，讓我有被父母放棄的感覺。
除非有男人眞心愛我，全世界再也沒有人愛我了。

日本人最喜愛的歷史小說家司馬遼太郎，年輕時候當過新聞記者，中年以後改做作家了。直到幾年前去世，寫了大量以中國、日本歷史爲主題的小說，以及多篇散文、評論、紀行文。當有人提問：「你爲何那麼拚命寫作？」他總是回答說：「爲了回答自己二十歲時候曾擁有的疑問。」

每一個作家，同時也是讀者。司馬遼太郎心目中，一輩子都有充滿好奇心的二十歲青年，做了他作品的第一名讀者。

我二十歲左右開始寫作。當時的我，是一個完全沒有自信的女子。二十年以後的今天，如果能告訴她一句話，我想說：你値得被愛。

一九八二年一月二十三日，我過了二十歲的生日。之前，每年的生日，我都在家裡，跟父母親、哥哥弟妹在一起。那一年，我第一次在外頭，跟男朋友一起過的。

小時候的生日，圓形蛋糕上一定有跟年齡同數的蠟燭，一支一支點上火，等著給我吹滅。上了初中以後，歲數大了，無處立全部蠟燭；赤裸裸的圓形蛋糕顯得很寂寞。高中時代，連蛋糕都消失了。母親說：「多少歲數了？還想吃蛋糕！」

我就是還想吃蛋糕，最好是上面林立著蠟燭的。不過，上了大學，已經不能期待家人給我過生日。於是，那晚，我和男朋友約了另一個同學，三人一起赴了新宿一家居酒屋。

都是大學生，口袋裡的錢不多。除了啤酒和威士忌以外，只叫了兩、三種廉價酒菜。雖說是二十大壽，我越喝越悶，最後大哭著罵男朋友道：「你是騙子！一點也不喜歡我嘛！」今天我明白，當晚的情緒爲何那麼低落。平生第一次在外頭過生日，意味著我開始獨立於父母親。心中感到很大的不安，是再理所當然不過的。但是我絕對不肯承認那一點，因爲恨不得獨立，儘快做大人。青春眞是矛盾極了。

青春期的不安，往往表現在男女關係上。脫離了家庭的溫暖，我們要找下一個安全網。可是，彼此都爲剛出窩的小鳥，很難互相提供安全感的。我以爲男朋友對我的感情不眞實，才讓我感到寂寞。但那是大錯特錯。以我當時的情形，無論跟誰在一起，都會覺得寂寞的。

再說，我也以爲，男朋友不大喜歡我，是因爲我不值得被愛。生日蠟燭、蛋糕消失，讓我有被父母放棄的感覺。除非有男人眞心愛我，全世界再也沒有人愛我了。豈不是我不值得被愛嗎？

如果今天能走進新宿那家居酒屋的話，我很想拍著她肩膀說：「傻女孩，別哭了，你値得被愛。」她大概會問道：「爲甚麼？」我則告訴她：「不爲甚麼。你就是値得被愛。」

我繼續寫作，也是爲了跟二十歲時候的自己說話，爲了鼓勵她前進。

才能是歡喜的能力

父母親對於幼小的孩子，能夠強制行爲，但是不能強制感情。

已故日本作家森瑤子從小學小提琴到東京藝術大學音樂系畢業爲止。但是，一拿到文憑，她就永遠地關上了琴盒。

傾注了十多年青春心血的小提琴，她不僅不想再拉，連聽都不願意再聽了。據說，直到晚年，森瑤子受不了餐廳裡的背景音樂。如果是古典音樂，尤其是小提琴獨奏的話，她馬上失去了胃口。

在一篇散文裡，她解釋說：其實小提琴是父母親強迫她學的，自己從來沒有喜歡過，只是乖乖女不敢反抗父母親而已。才能，不是完全沒有，否則不會考上東京藝術大學，即日本最難考的音樂學校。然而，大學的同學當中，有的是天才。還沒有畢業以前，他們已經在國際比賽會上得獎、舉行獨奏會、出唱片等等。相比之下，憑她那麼一點點才能，畢業以後，至多一輩子在交響樂團裡默默地拉琴，或者當老師教教小朋友。

於是，二十二歲的森瑤子乾脆向古典音樂告別，從此謀自己的人生道路了。她跟英國人結婚，生了三個女兒以後，終於開始寫小說，以《情事》獲得昴文學獎，是三十五歲時候的事情。後來發表的多部作品裡，似乎找不到關於音樂的敘述。

三十年前的日本家庭，只要是小康之家，都買了一架鋼琴，並請老師來教女兒。結果，我周圍，學過十年鋼琴，會彈蕭邦、貝多芬的人爲數可不少。我自己，小時候家境不好，買不起鋼琴，曾經非常羨慕那些同學家裡擺的，罩著鉤織套兒的樂器。然而，大部分人，一上高中就放棄了鋼琴。她們如今回顧當年說：鋼琴是父母親強迫的，自己從來沒有喜歡過，只有痛苦的回憶而已。

父母親讓孩子學鋼琴、小提琴等樂器，爲的是情操教育。然而，後果往往正相反。

孩子覺得很痛苦，長大以後對古典音樂也沒有好感。

不過，例外總是有的。最近，兩個朋友來我家，恰巧均是音樂大學畢業生。她們坐在鋼琴前邊，打開樂譜，聯彈起布拉姆斯的匈牙利舞曲。接近四十歲的兩位母親，邊彈琴邊微笑，顯然很歡喜，眞心享受著即席演奏。

她們跟其他大多數人的區別在哪裡？本來就比別人有才能？

答案似乎在於她們的表情裡。

兩位都很喜歡音樂，很喜歡鋼琴，所以練習鋼琴，從來不覺得痛苦。

父母親對於幼小的孩子，能夠強制行爲，但是不能強制感情。孩子學樂器，倘若始終是被強制的行爲，而沒有發自內心的喜悅，就不外是刑罰了。

才能，由我看來是歡喜的能力。喜歡彈鋼琴的人，有彈鋼琴的才能。喜歡畫畫兒的人，則有畫畫兒的才能。只要是自己喜歡的事情，盡多大的努力都不覺得痛苦，因而方可能不停地前進。

圖書館的戀人

遠處發現的他，簡直有了光暈一般，
在我眼裡異常燦爛。

我十四歲那年，爲了準備翌年的高中入學考試，除了上課以外，很多時間都在圖書館裡溫習。尤其放了暑假，每天一大早就到圖書館門口排隊去，以便獲得裡頭較安靜的座位。

有個男同學叫T，也每天一定來圖書館。有時候，我早晨起得晚，差一點就沒趕上九點鐘圖書館開門時間。每逢此時，T都幫我占個座位。我們鄰座學習到中午，一起去食堂吃麵包當午餐，跟著又做功課到下午六點鐘。圖書館關門時一起出來，說聲「明天見」，各走各路回家。我們之間，顯然互相有好感。

有一天，T沒有來圖書館。整整一天，我心裡好像有了個空洞。他怎麼了？有事出去了？還是生病了？我感到很不安。

第二天，我在圖書館見到T。他並不說前一天爲甚麼沒有來，我也沒有問他。我們照樣坐在一起學習，到了中午一起吃飯，跟平時沒甚麼兩樣。不過，我的感覺從此就是不一樣了。

當初我沒有明白到底是怎麼回事。看到T的臉，我覺得口渴。跟他說話，則心跳。找不到他時，心中不安得很。遠處發現的他，簡直有了光暈一般，在我眼裡異常燦爛。這一切，都是從來沒有過的。

戀愛？

忽然想到那兩個字，我大爲狼狽。之前，我也喜歡過一些男同學，但是始終很理性。這一次，卻好比得了病，或者說給他使了魔法，自己無法控制各種生理反應了。

我不由得跑到書庫去了。雖然每天都來圖書館，平時很少進書庫。裡面很安靜，很涼快。站在聳立的書架中間，我逐漸冷靜下來了。如果我對T的感情是戀愛，那該怎麼辦？書庫裡有幾萬本書，關於戀愛的書也可不少。《戀愛論》、《為誰愛？》……我找了一本又一本書名包含「戀」或「愛」字的書籍，統統帶到角落的小桌上去，開始慢慢翻閱了。

為了解決人生中遇到的問題找書本翻閱，對我來說是第一次。最後找到了答案沒有，則很難說。但我至少知道了，古今中外有很多人曾為戀愛而煩惱，我絕不是第一個。

看過書，人不一定變得更聰明、更漂亮。看了二十本關於戀愛的書，我最後還是失戀。原來，沒有來圖書館那天，T是跟一個女孩子約好出去的。

後來，每次心中有煩惱，無論身在世界哪個城市，我都一定到圖書館、書店去了。找書本翻閱，雖然不一定給我帶來答案，但是每一次讓我知道，曾有很多人為同一個問題而煩惱，我絕不是第一個。

人生最難受的是孤獨感。即使是很辛苦的時候，只要身邊有夥伴，始終受得了。然而單單一個人，連芝麻大的困難都會使人毀滅。

十四歲那年，在新宿區立中央圖書館，我沒有得到T的愛情，卻找到了終生的夥伴。

還有明年

當冬天到來之際，我已經清楚地知道，
不必說第一志願，連第二志願都不可能考上了。

日本的二、三月是入學考試的季節。每年到這個時候，我都想起高中三年級，考大學的日子。

我的第一志願是全國最難考的東京大學，第二志願是私立早稻田大學。高中的班主任說，只要我用功，都有可能考上。我自己，卻很清楚地知道，一定會名落孫山。

都是我沒有用功的緣故。至於爲甚麼沒有用功，有外在的因素，也有內在的理由。

前一年春天，我剛上高中三年級的時候，爲了改建房子，全家七口子暫且搬進租賃公寓住了。單位裡僅有三房一廳，我只好跟當時還是個小學生的妹妹同住在小房間，晚上開燈學習都不方便了。

公寓生活給大家帶來精神壓力。不久，母親胃潰瘍發作，為了開刀和休養，住院長達三個月了。姥姥來幫忙，也無法代替母親，五個孩子們的心情都很差了。

我下課以後，幾乎每天都去醫院看母親，光是來回都需要三個鐘頭，學習進度自然受了影響。其實，我也不大想趕回公寓。一開家門就得面對哭鬧的弟妹和疲勞的姥姥。父親和已工作的哥哥則較晚才回來。於是，從醫院回來的路上，我往往去房子的建築工地，在黑暗裡坐一、兩個鐘頭。

也不是一個人。

那年，我跟兩個男同學談著三角戀愛。本來對我一直很冷淡的M，當我開始跟I要好的時候，突然間反過來追我了。差不多半年時間，我在M和I之間搖擺不定。有時候，跟M一起去醫院看母親回來，一下電車就發現I在車站等待，於是和他一塊在附近徘徊，或者去建築工地在黑暗裡坐一坐。

在那個情況下，我高中三年級的春夏秋都白白地過去了。當冬天到來之際，我已經清楚地知道，不必說第一志願，連第二志願都不可能考上了。

母親終於出院，從此我只好直接回家了。在租賃公寓的小房間裡，妹妹睡著以後，我打開檯燈看的，但不是教科書、參考書，而是跟考試完全無關的種種小說。例如，有吉佐和子的《關於惡女》、筒井康隆的《俗物圖鑑》等，都是為了消磨時間，在舊書店隨便買來的。

我邊看小說，邊用耳機聽廣播。進入二月，幾乎每個節目的主播都說：「快到考試的日期了。應考生朋友們，加油！加油！」我聽著感到很疏遠。雖然我也是應考生，但是已經放棄了希望，所以正在看小說打發時間。不必說，當時的自我評價非常低。

就是那個時候，一個男性主播說：「其實到了現在，大體上勝負已決了，一定有不少人早就認輸了。今天，你們比誰都痛苦，因為無論多麼加油，絕不會成功。但是，不要緊的。還有明年。你們明年一定成功，好嗎？」

忽然，我對將來有了希望。我合上小說，並且爲了翌年的入學考試，開始做準備了。

沉默的男朋友

高中時候，我們每天很長時間都在一起，
大部分經驗都互相重疊。

我十八歲高中畢業，但是沒有考上大學。四月，春天到來之際，同學們個個都穿上粉紅、粉綠等淡色的衣服，並且化著淡妝，開始享受大學生活了。我一個人，卻仍舊穿著冬天暗色的衣服，開始上位於東京代代木的補習班去了。

補習班的學費跟大學差不多一樣貴。我不敢向父母要零用錢，也不能出去打工賺錢，無法買新的衣服，只好每天穿上高中時代留下來的牛仔褲了。那是上下身連在一起的肥褲子。我配上藍格子、紅格子的棉法蘭絨襯衫穿，看起來極像美國中西部修車廠的女工。

在那條肥褲子裡面，我的身體一天比一天肥胖。補習生過的日子精神壓力高，減壓的機會少，不知不覺之間，我吃得太多了。再說，補習班究竟不是正規的學校，沒有體育課也沒有運動場。攝取了太多卡路里以後沒有消耗，結果一定會肥胖。

到底懶惰是肥胖的原因？還是後果？整整一年，我都懶得量體重。補習生在社會上沒有地位，簡直是見不得人的。每天的生活內容，只有穿著肥肥的牛仔褲上補習班，如此而已。我胖了一點，又怎麼樣？

未料，在短短一年裡，我的體重竟增加了十公斤。第二年春天，我考上大學，跟老同學們再見面的時候，她們異口同聲地問我：「你怎麼這麼胖了？I不介意嗎？」

原來，肥胖的補習生也有個男朋友。I是我高中時候的同班同學。高三時，一起曠課怠學的結果，我沒考上大學，I則上了程度較低的C大學工程學系。

I愛看書，愛聽音樂，最愛孤獨。對他而言，我可以說是唯一的好朋友。幾乎每天，大學一下課，I就來代代木，送我到家門口去。也爲了鼓勵我，他常常寫信。那一年，我總共收到了一百多封他來信。

女朋友胖了十公斤，他連一次都沒有抗議。後來，我一下子減肥幾公斤，並開始化妝時，他也沒有說一句話。I沉默寡言的程度，實在不一般。

高中時候，我們每天很長時間都在一起，大部分經驗都互相重疊。後來，逐漸開始走不同的路了。尤其我上了大學以後，天天有新的經驗，天天認識新的朋友。回家收到他來信，仍舊談著新看的小說，對我來說刺激不夠了。

到了暑假，我已經恢復了原來的體重。穿著流行T恤去野營幾天，回來後，我沒有給I打電話。過幾天，他來電時，我裝不在家，而把全部信件帶到院子去，一封一封地燒掉了。維持了兩年的關係，就那麼地結束了。

後來，我再沒有跟他見面，也沒有通信，通電話。至今二十餘年，心中一直感到內疚。I曾經比誰都寬容地接受過我。然而，最後，我單方面地斷絕了來往。無緣無故地，連話都沒說地。

鎌倉一人旅

我剛滿十五歲，很少跟陌生的大人說過話，不知怎樣回答才是。

初中三年級的春天，快要畢業的日子裡，我一個人離開東京，坐湘南電車，往郊區鎌倉去了。

鎌倉是日本的古都，從十二世紀末到十四世紀中，曾爲源氏幕府的所在地，如今還有不少名勝古蹟，包括眾多寺院、神社。位於太平洋邊，鎌倉氣候溫暖，風景美麗，加上離東京不很遠，近代以來，有很多文人居住此地。比方說，獲得了諾貝爾文學獎的小說家川端康成也長期住在鎌倉。

那天我自己去鎌倉，是學校不開課的緣故。進入了高中入學考試的季節以後，在學校，大家專門自學，若有不明白的地方，才找老師請教。我報考的高中，考試的日期比其他學校都早。別人還在埋頭溫習，我一個人卻無所事事。連老師都告訴我不用來。於是我決定去著名的鎌倉鶴岡八幡宮神社，替同學們祈禱考試成功。

雖說鎌倉位於東京郊區，坐火車才一個多鐘頭而已，但是我從來沒有一個人去過那麼遠的地方，心裡還是滿緊張、興奮。事前看地圖和旅遊指南書，我知道在北鎌倉車站下車，則可以沿途參觀各寺院，一直走到鶴岡八幡宮去。當年有一首校園歌曲就叫《北鎌倉》，我哼著旋律，在古色古香的車站下了車。

鎌倉的著名寺院實在不少。另一首校園歌曲《緣切寺》唱到了尼姑庵東慶寺；以繡球聞名於世的明月院，則成了不少文藝作品的背景。

就是我在明月院後邊的山裡散步的時候，有位老先生走過來問我：「小姐是東京來的吧？」他年紀六十出頭，自我介紹說，是幾年前退休以後，經常一個人到鎌倉各寺院參觀、拍照片的。我當時剛滿十五歲，很少跟陌生的大人說過話，不知怎樣回答才是。

對方卻很愛說話，繼續問我道：「你應該是大學生吧？文學系？哪所大學？」

我平時穿著制服，誰看都知道是初中生。一穿便服，就有人以為是大學生，我自己感到很意外。老先生竟說：「如今的女學生很勇敢，一個人出來走走的。上次，我已碰到過一個，是早稻田大學的。你也是早大的嗎？」我甚麼也沒說，但他自言自語，幾乎決定我就是個早稻田文學系的學生了。

明月院後邊是小山，我當初在院子裡散步，自然爬到上邊來的。周圍都是樹木，連個人影兒也沒有，給老先生緊跟在後面，我開始覺得害怕。當他說出：「小姐，咱們認識認識，好嗎？」我再也忍不住，忽然本能地跑開，一下子跑下山了。

回到下邊，明月院裡有很多遊客，我能放心了。剛才在山裡，老先生眼裡的女大學生，是我嗎？跟本人的自我形象完全不同，一時難以相信。

只要在平地，鎌倉是很安全的。我平安無事地到鶴岡八幡宮參拜，並在由比濱海灘走走，然後再坐湘南電車回東京。至於山上遇到的老先生，事後二十五年，我沒對人講過。

趁年輕去旅遊吧！

然而，也有一些事情，最好趁年輕做。
我認爲，年輕時候的旅行經驗，是無法後來彌補的。

高中一年級的秋假，我第一次單獨坐夜車去旅行。目的地是靠近日本海的古城金澤。當年的我是小說家五木寬之的書迷。他有不少作品以金澤爲背景。平生第一次的單獨旅行，我一定要到那裡去。

在金澤待的三天，除了各名勝古蹟以外，我還去了五木作品裡出現的咖啡館，以及金澤大學醫學系校園等。五木太太是醫生，曾在金大讀過書，作家自己都常在校園內散步，我也非去不可。

從金澤，我坐公共汽車到能登半島去。我對「半島」情有獨鍾。生長在島國日本，我從小對海外很有憧憬，但是長期覺得外國太遠不容易去。凸入大海裡的「半島」，於是成了外國的代替物。

在能登半島，我第一次看到了日本海。跟旭日東升的太平洋不同，西邊日本海是夕陽落下去的大海。秋天十月沒有多少遊客。我一個人向著怒濤大聲唱歌。海水那邊有雄大的亞歐大陸，總有一天我要去。

回到東京，我馬上打開鐵路時刻表，開始計畫下一趟的路程。我利用周遊票，專門坐慢車，晚上則住在青年旅社。當年去一個星期的旅行，費用三萬五千日圓左右（約合一萬台幣）。如果我累積全部壓歲錢和每月零用錢的一部分，每年可以去兩、三次旅行。

高中二年級的夏天，我去了青森縣，乃偶像作家太宰治的故鄉。從美麗的古城弘前，我到本州最北邊的津輕半島。當年，通往北海道的海底隧道仍未打通。站在波斯菊盛開的龍飛崎，我想像北海道會是甚麼樣子。

高中畢業以前，我總共去了五、六次單獨旅行。一個人坐長途列車，跟陌生人談天，在不熟的地方下車，看著地圖走路。危險不是完全沒有，但是始終有辦法防禦。我在國內學到的旅行技術，後來走海外時，也都用得上了。

有些事情，年紀大了以後可以慢慢做。比方說閱讀。世界上有很多名著，年輕時候不容易看懂，上了年紀以後方明白滋味。然而，也有一些事情，最好趁年輕做。我認爲，年輕時候的旅行經驗，是無法後來彌補的。

中學時候去旅行，我每次都哭著離開家。不是不想去，但是心中非常不安，恨不得父母叫我留下來。他們從來沒有反對我去旅行，大概出於放任主義，沒太多想法。不過，我還是感謝他們沒有阻礙我的路。

人生最重要的一些事情，我都是在旅途上學到的。

上了年紀以後，仍然可以去度假，觀光。但是，心懷不安坐夜車，住青年旅社交朋友通宵聊天等等，確實有不少事情只在年輕時候才做到。

事後二十餘年，我都珍惜當年的經驗。

男老師

但即使有天大的問題，
我是絕不會告訴他的。

小學一、二年級和三、四年級，我的班主任都是女老師。上了五年級，忽然換了男老師，我感到很不習慣。

之前的兩位女老師，雖然都沒有結婚，但是年紀跟母親差不多。在學校跟她們在一起，下課以後則回到母親身邊，好比生活中有兩個母親一樣，而且女老師們比我母親溫柔得多。

五、六年級的班主任飯泉老師，其實看起來有點像我父親。當年四十上下，稍微發胖，嘴巴周圍顯得黑，是鬍子重的緣故。他喜歡拍照片，也跟我父親一樣。

十歲時候的我，在家裡，是很少跟父親說話的。有時候，我單獨坐父親開的車出去，也不知道說甚麼好，於是沉默地坐在旁邊。父親都沒有甚麼好講的，但是不說話又很彆扭，最後開始自己唱歌。我至今記得很清楚，每次在車上，他都一定唱起兒童歌曲來。我從來沒有和他一起唱過，總是側頭往窗戶外邊看。

現在回想，十歲的我處於青春期的開始。表面上看來，還是個小孩；實際上，心理和身體都慢慢成長為大人的。我從小肥胖，到了小學四年級，乳房已經很顯著。母親滿不在乎，父親卻注意到了。當我洗完澡，圍著毛巾出來時，他往我胸部看，令人討厭死了。

在家對父親覺得彆扭，到學校看到年紀、容貌跟他差不多的男老師，我不能不覺得非常彆扭。坐在教室裡都不敢正視他，因而始終移開視線，老師以為我態度有問題。我回家告訴母親說：「還是女老師好。」

此間所謂的「家庭訪問」，乃每年五、六月的時候，日本小學的班主任下課以後到所有學生的家跟父母談話，以便了解家庭背景的。每年「家庭訪問」的季節到來，家長、孩子都很緊張。那年，飯泉老師要來看我生活的環境，我加倍覺得緊張。糟糕的是，他一坐下來母親就開口道：「我女兒說，還是女老師好。」

六年級的夏天，我經常身體不舒服。一會兒肚子疼，一會兒好起來，並不嚴重到要請病假的程度，但也無法集中精神去聽課了。那一段時間，晚上我多次夢見了飯泉老師。在夢裡，我們一起打籃球，而他總是站在籃子下面，阻礙我投籃。

那學期快結束的時候，有一天早上，老師對同學們說：「今天不上課了。先整理教室，然後穿泳衣到游泳池去！」別人都拍手叫好，我卻悶悶不樂；一來肚子又有點疼，二來就是不想在飯泉老師面前穿泳衣。大家充滿著對暑假的期待，整理教室的時候都不停地聊天。我一個人倒陰沉著臉，老師走過來問我：「有甚麼問題嗎？」但即使有天大的問題，我是絕不會告訴他的。

當大家高高興興地穿上泳衣之際，我偷偷地離開學校，回家去了。那天母親出去沒在家。在寂靜的屋子裡，我發覺初潮來了。

虛榮的書架

由我看來，任何進取心，包括求學心，都跟虛榮心分不開的。

從十幾到二十多歲，我買過的書比看過的書多幾倍。比方說，如果一年裡買了三百本書，其中我看完的大約有五十本；看了一部分的有一百本左右；其他一百五十本則從書店書架直接搬進家裡的書架，我從來沒有打開看過，用日本俗語，即——成了書房肥料。

二十年前，一本書的價錢平均一千日圓。那麼，每一年，我浪費的錢總共達十五萬日圓，幾乎等於年輕工人一個月的薪水！上了大學以後，我不再向父母要零用錢了。每個星期兩次當家庭教師，一個月掙到四萬日圓左右。至少三分之一，我是花在書房肥料上的。

到底怎麼發生了那個情況？

主要是我恨不得做個知識分子。同學、前輩當中，有一批人讀過的書實在非常多。他們講到古今中外五花八門的作家、作品，都是我根本沒看過的。當他們聊天的時候，我只好保持沉默，或者裝出看過的樣子，心中總是戰戰兢兢。於是，匆匆地跑去書店找人家談到的書籍買回家。卡繆、卡夫卡、康德、克爾愷郭爾、沙特、叔本華、尼采、海德格爾、海涅、黑格爾、海賽、托瑪斯曼，等等，當年常有人講到的作家、思想家的作品，統統地買了，因爲我都想要看，後來卻一律沒有看。

究竟是怎麼回事？

說穿了，當時的我沒有能力看那些作品。想看和會看，截然是兩碼事。聽別人講，好像滿有意思、滿好玩的書，由我自己打開看，倒顯得晦澀、難懂、不好啃，唯有放在書架上當肥料了。

日本有個俚語叫「積讀」，指的是，桌上、床邊堆著書，總是說著「一會兒要看」，始終不看的狀態。我當年的情形，跟「積讀」又不一樣。我把那些名著買回來，心中明知絕不會看，卻在書架上費心排列、陳列，以便有朋友來訪問時炫耀「藏書」。

多麼虛榮！

且為當時的自己辯解一番。由我看來，任何進取心，包括求學心，都跟虛榮心分不開的。我長在沒有書房的家庭裡。中學時候去同學家，看到人家高達天花板的書架上，塞得滿滿的世界名著，所感到羨慕的程度，幾乎接近絕望。十幾到二十多歲，我注入那麼多資金，要僞造「藏書」，不是情有可原嗎？

後來我眞正開始看書，是離開父母家到加拿大獨立生活以後。經濟上完全獨立過日子，再也沒錢可以浪費了。加上，多倫多沒有日文書店，我把僅有的幾本書，重複地看了好多遍。結果，古人說的「書讀千遍其義自見」，親身體會到了。

如今我覺得，書不用看得多，只要看得深。猶如交朋友不用廣，但是最好要深一樣。對別人合適的書，對我不一定合適，沒甚麼不妥當的。甚至覺得，大家都看的書，我一個人不看也罷了。於是，越來越少看暢銷書，而心情爽快。

美少女的時間

可是，五年過去，她似乎失去了那光環。
一直站在那裡，也開口說了好幾句話，但是我竟沒注意到。

初中三年級的時候，班裡有個特別漂亮的女同學叫德子。

德子的皮膚跟牛奶一般純白，嘴唇則跟薔薇一樣紅，琥珀色頭髮既細又長。再說，她身材苗條，卻有相當大的乳房。總而言之，德子簡直不像個現實人物，反而活像少女漫畫的主人翁。難怪，當年有很多男同學嚮往著她。

其實，不僅是男同學，而且女同學，包括我自己，都嚮往著德子的。一來，她樣子好看。二來，她性格很爽直。德子從來不炫耀自己的美貌，跟任何人都相處得很好，但也不是八面玲瓏。她很喜歡說笑話。美貌無比的德子說起笑話來，比其他人都好笑，連她自己都覺得太可笑，最後總是忍不住開始流眼淚、流鼻涕。叫人感嘆的是，即使流著鼻涕哈哈大笑，德子還是跟平時一樣漂亮高貴。

初中畢業以後，我和她上了不同的高中，很少有機會見面了。然而，我一直沒有忘記她。德子那種美是實在難忘記的。那一段時間，若有人講到某一個美女，我一定會說：「我也認識一個超級美女，是初中時候的同班同學，叫德子。」

一方面很久沒見到現實中的德子，另一方面經常給別人講記憶裡的她多麼美麗，我心目中的德子形象似乎越來越漂亮了。不過，十五到十八歲，往往是女人在一生中最美麗的時刻。才十四歲就那麼漂亮的德子，到了十八歲究竟成爲何等美女，光光想像都令人興奮。

五年過去了。每年一月十五日，日本各地的地方政府邀請正滿二十歲的男女居民來參加「成人式」。大部分女孩子會穿上豪華的和服赴典禮。我自己的盛裝是姥姥特地訂做的淺紫色和服。那天，我一早去美容院弄好頭髮、施脂粉，然後穿上和服，趕到「成人式」會場的時候，已經有很多人在門外圍成圈兒站著聊天。我很快就發現了初中的老同學們，其中不少是畢業以後五年沒見面的。雖然有一半是男孩子，但是他們穿的是黑色、深藍色等的西裝，一點也不顯眼。相比之下，女孩子們個個都穿著絲綢和服，而且袖子長得差不多到地面。結果，每人都顯得非常漂亮，包括本來並不是特別好看的一批人。

跟大家聊了一會兒，我想起來當年的頭號美女，於是發問：「德子呢？她沒來嗎？」「在這兒！你怎麼沒注意到我？」熟悉的聲音馬上回答。原來，她站在離我不遠的地方。

說起來很奇怪，十四歲時候的她，好比背後有光暈一般，即使不開口說一句話，只要她進來，大家都注意到了。可是，五年過去，她似乎失去了那光暈。一直站在那裡，也開口說了好幾句話，但是我竟沒注意到。

「好久沒見，」我說著並感到很驚訝，因為德子的容貌衰退得厲害；才二十歲，臉上有了好多皺紋。

再說，她穿的和服，袖子的長度只有別人的一半而已，似乎意味著她早已結婚了。

良師

對青春期的少年來說，人生極像個迷宮，
處處都有迷入邪道的危險。

英文有個詞兒叫「mentor」，翻成漢語便是「良師」。一般指的不是學校老師，而是人生道路上認識到的長者、前輩等。我這半輩子，在世界各地方遇到過一些「良師」，並從他們那裡學到了不少人生智慧。首屈一指的，就是矢島先生。

矢島先生本來是初中的美術老師。我屬於課外活動的美術組，跟他經常有來往。不過，他眞正成爲我頭一名「良師」，卻是初中畢業以後的事情。

在學校裡，大部分男老師平時穿著西裝。只有美術老師和體育老師穿著便裝，令人覺得親切。尤其是教美術的矢島先生，當年還不到三十歲，比大部分老師年輕。而且他個子矮，稍微發胖，圓臉上面的頭髮總是亂蓬蓬。總而言之，在我們心目中，他跟年老嚴肅的老師們不一樣，倒像個年長朋友似的。

有趣的是，當學生們碰到問題之際，徵求意見的對象，永遠不是穿著西裝的老師們，而是頭髮亂蓬蓬的美術老師。表面上看來，我們對他說話時候的態度、措辭，也許都不夠禮貌，然而實際上，大家都特別尊敬他，也非常信賴他。跟誰都不敢說出來的祕密，很多同學都下課以後去美術室，向矢島先生坦白的。

學校老師的任務，無疑是把學生引向正路。對青春期的少年來說，人生極像個迷宮，處處都有迷入邪道的危險。例如，男女關係，抑或酒精、菸草等嗜好品，父母和嚴肅老師們專門以「禁止」兩字來取締。充滿著反抗精神的少年，一方面非嘗試不可，另一方面深感內疚。碰到那種情形時，能去徵求意見的對象，便是「良師」。

記得我十八歲時，跟一批老同學一起去拜訪矢島先生。在他家的和式房間，大家盤著腿談談近況，包括升學計畫。那天我說話很少；矢島先生似乎注意到了。大家站起來告辭時，他在我耳邊道：「有問題就打電話來。我帶你們兩個去喝酒。」我感到很驚訝，矢島先生怎麼知道我心中一直有另一個人？

幾天以後，我給矢島先生打電話，傍晚在高田馬場車站附近見面了。我身邊有高中的同班同學I，當時我們正在考慮要不要一起離開東京而去投考北海道大學。

在日本，未滿二十歲的人喝酒是違法的。可是那晚，矢島先生說：「有些事情，最好是邊喝酒邊談的。我負責任。你們喝吧。」具體談了甚麼，早已忘記了。只記得，離開居酒屋往車站的路上，有個警察叫住了矢島先生，是他騎的自行車太破舊，要查詢登記的緣故。站在警察和兩個醉醺醺的高中生中間，矢島先生顯得很尷尬。

還好，最後警察放我們走。在高田馬場車站跟矢島先生告別時，我已經放棄了離開東京去投考北海道大學的念頭。我很感謝他把我引向了正路。

電話的回憶

通訊越方便，越有必要保護個人生活，於是大家自己設置關卡。

如今在日本，連中學生都多半有了手機，大人更是不在話下，很難想像直到幾年以前，說到電話，只有家裡、公司裡的固定電話。

我的學生時代，打電話找男同學非常麻煩，因爲在家接電話的一般是他們的母親。假如打來的是女孩子，一定會問東問西的。「你叫甚麼名字？是哪個班的？有甚麼事找我兒子？你父母知道嗎？」等等。好不容易找到的同學，說話的語氣極其不自然，也難怪，他母親就在旁邊側耳細聽著。

其實，從我家打出電話特別困難，因爲電話機旁邊總是有母親在。她不是不讓我打，但是一定要知道有甚麼事找誰。除了關心孩子的私生活以外，還反對我亂打電話浪費錢。沒法子，我抓著幾枚硬幣，跑到附近的公用電話亭去。一枚硬幣三分鐘，好比手掌裡握住著時間一般，不停地流汗。

打開摺疊塑膠門進去，戰戰兢兢打個電話。期望他本人會接，但是聽到的聲音始終屬於他母親。早應該對我聲音耳熟了，卻每次每次一定要問「你叫甚麼名字？是哪個班的？有甚麼事找我兒子？你父母知道嗎？」等等。當我回答完全部問題以前，至少兩枚硬幣啪嚓地掉下去，剩下的時間更少了。終於聽到他聲音時，在公用電話亭外邊排隊等候的人已經不耐煩，開始用指頭咚咚地敲塑膠門。我一邊向外面點頭打招呼一邊要講電話，但是最後一枚硬幣都快要掉下去，雖然我和他還沒有談甚麼話。

一九八〇年代，我在中國留學的時候，打電話非常不方便。當年，大陸老百姓家裡還沒有電話，傳呼機也沒有普及。要找他們，只好打電話到單位裡、或者家附近的公用電話去，都根本沒有隱私可說的。怪不得，當時的大陸人經常乾脆不打電話，直接過去找人。

但是，如果對方在外地的話，還是非打不可，而長途電話是要到電話局去打的。通訊落後的年代，從廣州打電話到北京，我有一次坐在電話局的破沙發上，竟等了四個鐘頭。最後找到北京朋友時，電話線上有個第三者，乃接線生，不是偷聽，而是公然聽我們說話的。

相比之下，今天打電話方便得多了。具有諷刺意義的是，我如今幾乎不打電話，其實連手機都沒有的。

一九九〇年代初，我在加拿大的時候，那邊很多人已經不接電話，反而常用留言機，先聽聽對方有甚麼事，然後決定要不要回電。我也採用了加拿大人的方式，讓留言機當上秘書，自己有事找人的時候，則先多用了傳眞機，後來改用電子郵件了。

今天雖然手機很普及，但是接電話的人越來越少；打到手機去，一般先得留言，要等回電的。顯然，通訊越方便，越有必要保護個人生活，於是大家自己設置關卡。

二十年前，我打電話要找男同學的時候，得通過的關卡是第三者如他母親設置的。今天的關卡，倒是他本人設置的。不知少女的煩惱減少了沒有？

美叫人沉思

在學生聯歡會上，同學自發演奏的古典曲，
眞是想不到會那麼好，我似乎發現了新的水平線。

「你覺得這美嗎？」數學老師問我。

「美？我不知道美不美。反正，很酷就是了，」我回答說。

那是我初中二年級快結束時候的一個上午。一年級到三年級，總共七百多名學生集合在體育館，舉行了一年一次的聯歡會。跟校方組織的學藝發表會不同，聯歡會的項目全部由學生自己決定。當時，在舞台上，有三年級搖滾樂隊正在演出。

雖說是大白天，拉好了暗綠色天鵝絨的遮光窗帘，而且關上了燈，體育館裡面跟晚上一樣黑暗。只有粉紅、粉綠的聚光照明往舞台上的樂隊照射打光。在他們頭上有個閃亮亮的鏡球，隨著音樂不斷旋轉，造成舞廳般的氣氛。極大聲音演奏的曲子是英國重金屬樂隊的。

主唱是穿著黑色制服的三年級男同學，爲了這天的演出，把頭髮特地用油跟獅子一樣豎起來了。額上不停地流汗，顯然非常熱。他大聲喊出的英語歌詞一點也聽不清楚，因爲樂器的聲音更大。也無所謂了。台下的聽眾很興奮，有拍手的，有一起唱的，也有站起來跳舞的，跟職業樂隊的演出沒有兩樣。

我們的初中時代，社會風氣比現在保守，日子過得規規矩矩。只有一年一次的聯歡會，學生們公開享受平時遭禁止的搖滾樂。站在牆邊的老師們，抱著胳臂，像是吃了黃連似的板著臉孔。看到那樣子，我們更加高興。數學老師問我覺不覺得美的，就是吵鬧不堪的搖滾樂演出。

老實說，十四歲的我還不大懂美是怎麼一回事，只是跟其他人一樣，看著舞台上的演出很興奮，是感官上受了刺激的緣故。搖滾樂有力量，是破壞性的，讓人發洩、讓人忘記。

不久，樂隊下了台，跟著上去的，是我的同班同學姬田大。管裝置的人把平台式鋼琴拉到舞台中央來了。剛才的搖滾樂隊，除了各種電樂器以外，還用了一人一個麥克風，到處都是電線。這會兒舞台上卻乾乾淨淨了。在烏亮的鋼琴前邊站的姬田大拿著銀色長笛，隨著鋼琴伴奏，開始吹了。

那瞬間，整個體育館都安靜下來了。剛才拍手的，同唱的，站起來跳舞的學生們，都安安靜靜地坐在椅子上傾聽姬田大的演奏。對於古典音樂，我本來很有偏見，覺得很陳舊、特拘束、太正經得沒意思等等，大概是經常在音樂課裡被迫聽而造成的印象。然而，在學生聯歡會上，同學自發演奏的古典曲，眞是想不到會那麼好，我似乎發現了新的水平線。別人的反應，也顯然一樣。

「你知道了吧？」數學老師走過來說。我不肯認輸，但是他接著說的一句話，成了我座右銘之一，那就是：「美是叫人沉思的。」

畫家夢

轉眼之間三年過去，大家都高中畢業了。
我自己已經很久沒有打開畫具盒，卻始終掛念初中美術組的老同學。

已故日本版畫家池田滿壽夫，以小說《獻給愛琴海》獲得過芥川獎，即此間文壇地位最高的純文學獎。一會兒做版畫，一會兒寫小說、散文，也偶爾拍電影，他是有目共睹多才多藝的文人。有趣的是，當他幾年前去世，媒體報導他經歷之際，除了介紹各方面的成就外，還一定提到了「池田年輕時候，多次投考過東京藝術大學，但是始終名落孫山」。大家覺得，東京藝大實在沒有眼力，竟沒看出來池田那麼個逸才。

初中三年級的時候，我屬於課外活動的美術組。每天下課以後到美術室去，拿起筆來畫油畫。我自己對繪畫本來就沒有多少才能，主要喜歡油畫具有的泰西文化氣氛。多數同學也跟我差不多。只有兩個人，對繪畫明顯有才能，也希望將來讀東京藝術大學。

兩位小畫家都是女同學，一個姓大谷、另一個姓海野。她們給人的印象恰巧相反。大谷是我們美術組的組長，個子高瘦、直髮很短、戴著眼鏡、態度嚴肅，看起來像個小伙子。海野倒稍微矮胖、把鬈髮束成兩條辮子、圓臉總是笑咪咪，令人想起棉花糖。兩個人的作品風格也截然相反。大谷是寫實派，喜歡用暗顏色；海野則是印象派，喜歡用粉色。

雖然都志願將來讀東京藝大，兩個人選擇的道路可不同。到了初中三年級的夏天，大谷開始每天下課後跟美術老師單獨上課，爲的是準備第二年春天投考東京都立藝術高中。那所學校的課程以美術爲主，畢業以後上藝大的人最多。大谷認爲，既然想當畫家，最好走捷徑、直接往目標去。海野的想法不一樣。她學習成績不差，能夠投考程度最高的學校。先各方面充實自己，然後再向最終目標邁進也不遲。於是她先放下了畫筆，打開課本埋頭溫習去了。

第二年春天，兩個人均考上了自己志願的高中。大谷說，藝高好比是畫壇的縮影，同學當中有的是天才，每天都跟他們競爭。海野的生活較爲放鬆。上了高中以後，她有了男朋友。享受校園生活、男女交際以外，每週兩次上美術補習班。

轉眼之間三年過去，大家都高中畢業了。我自己已經很久沒有打開畫具盒，卻始終掛念初中美術組的老同學。大谷和海野，到底誰考上了東京藝大呢？

出乎意料之外，當年的美術組長大谷，竟放棄了畫家夢。據說，在藝高過的三年，使她深深地明白，比自己有才能的人多的是。於是她乾脆改專業，上了女子大學園藝系，將來要開花店。至於海野，雖然按原來的計畫去投考了東京藝大，但是沒考上。補習一年、兩年、三年，她先後投考了四次，結果都是名落孫山。最後，海野上私立美術大專，過兩年畢業後不久，就跟高中時候認識的男朋友結婚了。

儘管如此，池田滿壽夫的先例顯示，說不定有一天世人發現，她們之一其實是逸才。

十年以後

早年的「遠景」，
隨著時間，有可能變成現實。

「十年以後，我們會在哪裡？做甚麼？」有一天，課間休息的時候，姓栗原的女同學問了大家。

一九七五年，我們十三歲，是初中三年級的學生。當時，日本社會的風氣，跟今天很不一樣。多數女生高中畢業以後工作兩、三年，便結婚生孩子的。於是，講到十年以後，大部分女同學想的是婚姻狀況。

「我恐怕會跟父母介紹的人結婚。還是比較可靠吧，」班長吉川同學紅著臉說。

「噯，別那麼保守，好不好？」栗原同學說，「我是一定要戀愛結婚的。多麼浪漫！你呢，新井？」

「我？二十三歲，說不定還在唸大學，」我回答。

當年，我的偶像叫北山修；本來是校園歌曲的明星，同時發表很多散文，後來上醫學院，做了精神科醫生。我自己的志願，也是像他那樣，一方面當醫生、另一方面當作家。醫學院是六年制，最快也要讀到二十四歲的。不過，在保守、謹慎的同學們面前，我不敢說出底細來。

「我母親說，讀過大學的女孩子，是嫁不出去的，」廣田同學道。

其實，我父母也是那麼說的。他們都沒讀過大學，對知識分子、對女性，均很有偏見。我有個姑姑畢業於日本大學商學系，父母說她太愛講道理，沒有男人要娶她。

「新井喜歡讀書嘛！」栗原同學幫我說。「也許，十年以後，她當作家了。」

我感到很意外，她怎麼知道我暗地裡的志願呢？但也覺得特別高興，向她笑了一笑。

那天的閒聊，我一直沒有忘記，雖然初中畢業以後，跟當年的同學幾乎沒有了來往。十九歲，上大學時，我想起來了廣田同學的警告。好在進入了一九八〇年代以後，社會風氣逐漸變化，女生讀大學都很少有人說三道四了。

轉眼之間，過了十年。二十三歲的我，果然還在讀大學，但不是醫學院。到了高中，我數學成績很差，無法讀理科了。再說，我怕血，絕不可能做醫生。我在早稻田大學的專業是政治學，留學到北京以後進修現代漢語。二十三歲時候，又轉到廣州中山大學去，開始學習中國近代史了。在學問大海裡，我很長時間不停地漂泊。但是，早年的另一個志願，當作家，卻從來沒有放棄。

二十三歲那年，我在中國大陸，每個月寫文章寄回日本，連載於NHK廣播電台中國語講座的課本上，可以說是作家生涯的開始。翌年回國以後埋頭寫作，二十四歲就出版了第一本書。

英文有個詞兒叫「vision」，翻成中文便是「遠景」。如果你有目標、理想，最好在腦海裡清楚地想像未來的自己。早年的「遠景」，隨著時間，有可能變成現實。自己的未來，是可以自己塑造的。

永遠的劣等生

我很佩服也很羡慕那種人；
爲了到達人生目的地，他們能夠走最短距離。

高中畢業那年，我報考兩所大學。結果，第一志願東大以及第二志願早稻田的文學系，都名落孫山了。上了一年的補習班，第二年又考大學時，已經沒了退路，只好向前進。於是投考三所大學總共八個系去了。

國立的東大、私立的早稻田和慶應，在東京算是名氣最大的三所綜合性大學。國立大學舉辦統一考試，每人只能選擇一個系；我仍舊報考文學系了。私立大學可不同。對大學當局來說，入學考試的報考費是一年裡最大的收入來源，因而鼓勵應考生多報考不同的系。當年，私立大學的報考費爲三萬日圓（國立則便宜得多；一萬日圓而已）。我投考早大政治系、法律系、文學系、商學系、教育系，以及慶應政治系、文學系。七個系的報考費用，竟達二十一萬，乃當時普通上班族一個月的薪水。

結果，我還是沒有考上東京大學。至於早稻田和慶應，倒全都考上了。早稻田離家近，氣氛也合適於我個性。因而，在兩所大學之間選擇早稻田是很容易的。可是，在政治、法律、文學、商學、教育，總共五個專業當中，到底要選哪一個，則比較困難了。

父親鼓勵我讀法律而將來做律師。我本人，雖然對律師的工作很感興趣，但是對法律用的枯燥文章，卻覺得受不了。商學也引不起我的興趣。其實，講到興趣，我向來最喜歡文學。爲甚麼不乾脆報名文學系呢？一方面，我當時認爲，文學不一定要當專業去研究，自己在家看書都可以。相比之下，政治學對我很陌生；除非到大學聽課，恐怕不可能自己掌握了。另一方面，我這個人虛榮心不小。既然比別人多花一年才考上大學的，最好去名氣大一點，難考一點的系了。

於是，上了早稻田政治學系。可是，我心中特矛盾。對著名教授開的專業課程，總是興趣不大。反而，對文學系教授來開的課程，興趣最大。糟糕的是，文學系的朋友們，不久開始用我所不知的專業術語來討論問題。結果，我在政治學、文學兩方面，都成了劣等生了。

有些人，十八歲上大學時，已經清楚地知道自己要讀甚麼專業，將來要做甚麼工作。我很佩服也很羨慕那種人；爲了到達人生目的地，他們能夠走最短距離。而我呢？走了漫長而曲折的一條路以後，才達到了現在這田地。

二十多年以後的今天，回想考大學的日子：如果當年有跟現在一樣的經驗與知識的話，我大概會選擇文學系研究哲學去。只是，這麼個結論，我是在三個國家讀了六所大學，用三種語言閱讀和思考後，方才得到的。再說，我最感興趣的哲學問題，其實如今在家看書都可以掌握的。

眞的？

看來，我命定爲永遠的劣等生。

心跳的原因

只是，這一次，讓我心跳的不是一個男孩子，
而是一種語言：中文。

我十九歲上了早稻田大學政治學系。當時，每個學生除了英語以外還要學一門外語。我選擇的是漢語。

本來，我對漢語幾乎一無所知。未料，一開始上課，馬上被它迷住了。

漢語和日語，最大的區別是漢語有聲調。

「媽，麻，馬，罵」，課堂上，跟著老師大聲說，感覺好比在唱歌。

「你好」，簡直是我成了聲樂家。

不僅是我一個人，而且班裡多數同學都覺得說漢語很好玩。我們經常彼此說「謝

謝」、「不用謝」、「麻煩你了」、「不麻煩」、「明天見」等等，讓其他班的學生目瞪口呆。

我很喜歡學漢語。可惜，每個星期只有兩堂課。再說，班裡的學生多達五十名，自己說漢語的機會太少了。老師告訴我，位於飯田橋車站附近的日中學院開夜班，學費不很貴。

於是，每個星期三個傍晚，我都去日中學院上課。夜校的學生，年紀、經歷五花八門。每人學漢語的目的都不一樣。有人工作上需要，也有人對中國文化感興趣。我自己，則主要覺得說漢語很舒服。是的。說漢語眞的跟唱歌一樣，給我帶來強烈的快感。

日本人學漢語，剛開始時不准看漢字，要專門靠拼音的。這樣子，對學習發音有幫助。否則，漢字的日語讀音會干擾，很難掌握正確的漢語讀音。初級班的教材上只有羅馬字的漢語拼音。過一年，上了中級班，拼音旁邊才出現了方塊字。老師也鼓勵我們從此多看中文書。

有一天，我去大學附設的書店，買了一本中文書，乃老舍的小說《駱駝祥子》。打開看，左邊是中文，右邊則印著漢語拼音。如果有生詞兒的話，可以按照拼音去查詞典。

我到附近的咖啡廳，邊喝牛奶咖啡，邊看看《駱駝祥子》，不知不覺之間，心開始跳得很快。

一時我沒有明白，到底發生了甚麼事情。突突突突，怦怦怦怦，不僅心跳得很快，而且面部都發熱了。是不是得了感冒？我舔著嘴唇想想。這種感覺，好像以前也有過……

戀愛！

沒錯。我十四歲第一次墜入情網時，曾有過一樣的感覺。只是，這一次，讓我心跳的不是一個男孩子，而是一種語言：中文。

當初，我說漢語覺得很舒服，猶如只看到一個人的側影而嚮往。現在，接觸到中文書，好比見到了對象的全身而真正愛上。沒想到，人竟會愛上語言的。

至今二十年，我對中文的感情一直沒變化，仍舊覺得它充滿魅力。用中文寫作，如今更成了我的職業。能夠把愛好和專業聯合在一起，我感到非常幸福。

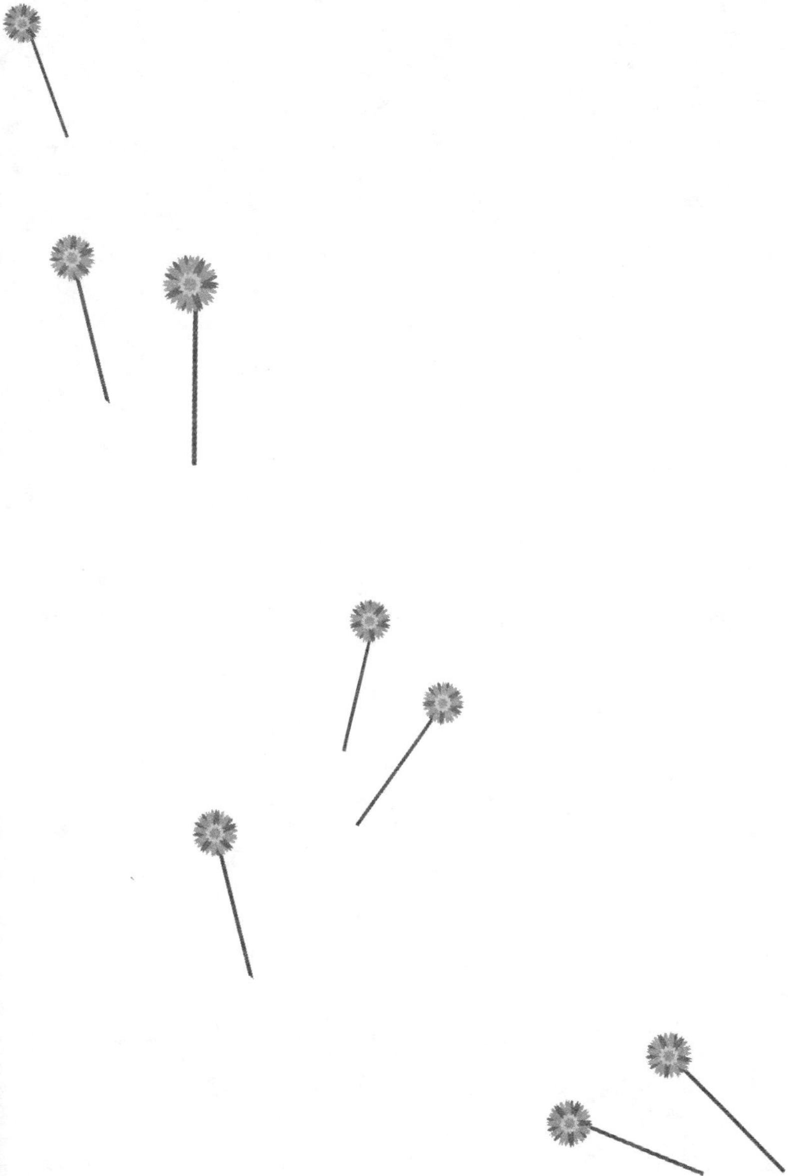

卷二

大人之路

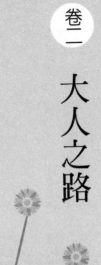

最遙遠的旅程

最遠的地方不是坐飛機、火箭去的；
在人生道路上過的時間，才是最遙遠的旅程。

二十五年前，我十五歲，是東京一所初中的三年級學生。這個月，我將過四十歲生日。

我問自己：在四分之一世紀的時間裡，在我身上發生的最重大變化是甚麼？答案便是：由一個「女兒」轉變成一個「母親」了。

「女兒」時代的我，恨不得趕快做大人，但是不知道從何著手，也沒有明確的志願。每天下課回家以後，打開書本，想像廣大「世界」是甚麼樣子。

對當時的我來說，「人生」和「世界」基本上是同義詞。爲了了解「人生」，必定增加關於「世界」的知識。我愛看日本作家森村桂的作品《最靠近天堂的島嶼》，乃一個女孩子坐貨船去南太平洋新喀里多尼亞的故事。我也看《索非亞的秋天》等，五木寬之寫的，以歐洲各城市爲背景的一系列小說。

好笑的是，我甚至買了一本薄薄的《西班牙語入門》而天眞地相信，看完了這一本以後，會有足夠的西語能力去馬德里留學。

那一本講談社出版的《西班牙語入門》，如今還在我書架上。打開版權頁看一看，原來是一九七六年三月印刷的第十九版。算一算，整整二十五年，四分之一世紀的時間過去了。

我已經不記得爲甚麼買了《西班牙語入門》而沒有買英語參考書。大概是看過以西班牙爲背景的文學作品而受了影響的。無論如何，從那個時候起，我的目的地是「盡可能遙遠的地方」。我覺得離日本越遠越好，跟日本越不一樣越棒。那是我心目中的距離，不一定反映著地理上的遠近。所以，西班牙比英美遠得多、棒得多。

我眞正出國，是上了早稻田大學政治學系以後的事情。第一個目的地是中國大陸。雖然地理上很近，然而當年在觀念上、政治體制上，均是非常遙遠的國家。之後，又到加拿大、香港等地方讀書、做事。我在海外過的日子，加起來達十二年了。

就是在那十二年裡，我慢慢由「女兒」轉變成「母親」的。

這話怎麼說呢？

當初，我恨不得「跑」去遙遠的地方，是爲了離開「母親」而爭取獨立。經幾年奮鬥，精神上、經濟上都獨立了以後，我再也不必繼續「跑」了。

轉眼之間，我過了三十歲。回日本結婚、生第一個孩子時，已經三十六歲了。

「媽媽，最遠的地方在哪兒？是不是坐飛機去的？我很想去呀！」兒子跟我說。他剛滿三歲九個月，好像在下意識裡，已經開始想「跑」了。

如今我知道：最遠的地方不是坐飛機、火箭去的；在人生道路上過的時間，才是最遙遠的旅程。

自己動腦筋想想啦！

是的，我得自己動腦筋想想。
可是，到底怎麼樣去想才行呢？

我剛上早稻田大學的時候，有兩個學生團體——K派和M派——在校園內激烈對抗。關於國家對外關係、安全政策、稅制等等政治問題，他們都有不同的主張。加上，各系學生會的領導權，又由兩派爭奪。

每天中午，普通學生忙於往食堂去吃午飯的時候，學運分子倒在校園內兩個不同的角落舉辦集會。兩派的發言人均是長頭髮的美男子，通過擴音機條理井然地發表意見，聽起來都很有道理。

那是一九八〇年代初。日本的學運處於低潮期。集會場地擺著好多長凳子，總共有上百個座位。可是，來參加集會的人很少很少，除了團體成員以外，往往連一個普通學生都沒有。

我是政治學系的新生，將來想做新聞記者，對校園政治亦頗感興趣。於是每天中午，先到小賣部買麵包和牛奶，然後輪流地去兩派集會場地，一個人坐在最後一排，邊吃麵包、喝牛奶，邊聽演講。

不久，兩派的發言人都認得我了。M派人士態度很和藹，問我：「想不想來參加我們的讀書會？正在輪流講讀馬克思的《資本論》。」K派人士卻疑心過甚，問我：「你是不是屬於M派的？」

後來，有幾次，我去參加M派讀書會。高年級同學說話的內容，聽起來很有見識，好像M派的各主張，包括對K派的批判，都完全正確似的。然而，第二天中午，我帶麵包牛奶去參加K派集會，聽他們的主張，包括對M派的批判在內，都完全合理似的。再說，兩派人士都不像在撒謊。

「你又來了，」有一天，K派集會結束後，長頭髮發言人走過來對我說，「你到底是我們的朋友，還是M派的朋友？」

「我就是不明白你們誰說得對，」我說。

「小妹妹，你得自己動腦筋想想啦！」說畢，他搖著頭離開我。

是的，我得自己動腦筋想想。可是，到底怎麼樣去想才行呢？

直到上大學，我基本上是個乖學生；認眞看教科書、參考書，以及老師推薦的書，並且儘量記住內容，以便對付入學考試。在那個世界裡，對於每一個問題，正確的解答始終只有一個。如果自己不懂，一問老師就能知道。

現實世界可不一樣。對於每一個問題，會有很多不同的解答：也許都有一定程度的道理，也許都不正確。非得有自己的見解不可。

我最後沒有加入M派也沒有加入K派，反而開始自己看書、想問題。最初看了不少報告文學和理論書，到後來多看些文學作品和歷史書了。跟年長、有學問的朋友們聊天之際，我發表的意見，有時得到讚揚，有時卻引起全場嘲笑。大學早畢業，但讀書生涯一直繼續，爲的是「自己動腦筋想想」。我慢慢開始有自己的見解，是過了三十歲以後的事情。

閱讀指南

正如人和人之間有緣分方能做好朋友一樣，
人和書籍之間都需要有緣分，否則看也看不下去。

我父母都不是讀書人，一輩子沒有養成閱讀的習慣。他們看的至多是報紙、雜誌，家裡也沒有書架。因而，我小時候，從父母能得到的閱讀指南非常有限。

雖然不是讀書人，父母還是鼓勵我們看書。「不要總是看電視，多點看書吧！」母親經常說。可是，應該看甚麼書呢？「好，給錢，去書店買你喜歡的！」於是我自己到家附近的小書店去，看看有甚麼好書。

記得有一段時間，我每次都買黃色書皮的偉人傳。居里夫人、南丁格爾、諾貝爾、愛迪生等等名人的傳記，每次我買回來，母親一定說：「很好！將來你都要做跟他們一樣偉大的人物。」

為了得到母親的讚揚，我連續買了好幾本偉人傳。不過，老實說，並沒有覺得好看。我真正喜歡的是安徒生的童話、俄羅斯的傳說等，屬於小說一類的作品。西方的故事，充滿著異國情調，我覺得非常好看。其中以小女孩為主人翁的，最容易認同。如果小女孩是個孤兒的話，則特棒、特過癮了。當年，我重複地看〈賣火柴的少女〉，就是這個原因。

有一天，父親從舊書店買回來一套《少年少女世界文學全集》。每一本都相當厚，總共有三十多卷。雖說是散發著霉氣味兒的舊書，擺在架子上看，還是非常威風。

每天下班回家，看到那一套《少年少女世界文學全集》，父親總覺得很驕傲似的。他天天問我：「看了嗎？好看嗎？」為了使他高興，我都說：「正在看，很好看。」實際上，總共三十多卷當中，我只看了一、兩本而已。

《阿爾卑斯山的少女》是以孤女為主人翁的歐洲故事，正符合我的口味，而且情節起伏甚多，叫人手不釋卷。看完之後回想故事都津津有味，於是一而再，再而三，我看了好多次。正如人和人之間有緣分方能做好朋友一樣，人和書籍之間都需要有緣分，否則看也看不下去，即使勉強看完了都不會留下任何印象。《少年少女世界文學全集》相信包括不少傑作。可是，跟我有緣分的只是《阿爾卑斯山的少女》一本。

當年家境並不很好，買堂而皇之三十多卷，經濟上的負擔應該不輕。如果每一本，我都一樣喜歡的話，那會多麼好。讓父親浪費了錢，我虧心得很。

後來，我在小學遇到了一位好老師。她說：「如果你覺得一本書好看，那麼下一次，可以選擇同一個作家寫的，別的作品。把同一個作家的作品全看完之後，也許可以選擇同一個題目的，或者同一個時代的……」

她那一句話，可以說是我這輩子得到的第一項閱讀指南。世上的書很多，人生卻有限。閱讀如航海，要有方針，否則太容易迷途了。

大陸鐵路上的除夕

我在不同的華人地區如香港、台灣，過了幾次春節。每一次，我都想起，在大陸夜車上過的第一次春節。

如今中國大陸的經濟迅速發達，人們過春節的方式，恐怕跟十多年前，我留學的時候很不一樣了。當時，社會主義體制仍然很堅牢，每一個人的工作都由國家分配。結果，不少夫妻只好爲工作分居，孩子則寄宿在學校。平時分開生活的家庭成員，每年只有春節假期能團聚在一起。

對我們外國留學生來說，春節假期是長途旅行的好機會。第一年，我在北京外語學院讀漢語，一放假就揹著背包離開學校，搭火車先到大連，然後坐船赴上海，經過寧波、紹興，除夕那晚，則在從杭州開往福州的夜車上。

那是一九八五年，大陸剛採取改革開放政策後不久。沿海各地成立了經濟特區。我打算從福州坐巴士南下到泉州、廈門、汕頭，看了鄰近香港的深圳特區以後，從廣州坐京廣線回北京去。

在北京待了半年，我已經習慣中國到處人多很擁擠。可是，春節前的鐵路上，不僅人多而且他們帶的東西也非常多。除了個人攜帶品以外，還有送給家人的禮物。

當年，大陸的物資流通很落後，在某個地方買得到的東西在別的地方很難買到。於是很多人帶蔬菜、水果回家鄉，也有人帶活雞上長途列車。我竟看到一個人的旅行袋裡，好多甲魚在蠢動。春節前的中國鐵路，簡直是移動菜市場，熱鬧極了。

然而，那天傍晚，我在杭州車站上的火車，乘客寥寥無幾。而且，那幾個乘客，不久全下車，只留下我一個人了。原來，大年三十，大家已回到家，正在準備迎接新年；沒有人在夜車上要過年的。

我是外國人，在中國大陸沒有親人，也沒有家鄉可回去。再說，日本人的新年是元旦。儘管如此，一個人坐在空盪盪的夜車上，望著遠處的燈火，我不禁感到很寂寞。

就在那個時候，一個乘務員走過來問我：「小姐，你要不要跟我們一塊兒過年？」跟著她到餐車去，那裡等著她先生和七、八歲的女兒。其他乘務員的家屬都早已集合了。白色桌布上，擺著豐盛的菜，有魚有肉，也有水果、糖果以及汽水等飲料。顯然，移動盛宴正要開始了。

中國人把火車乘務員叫做「鐵路上的」，這時我才第一次體會到其含義。在廣闊的大陸，一上火車往往是幾十個鐘頭，坐了來回兩趟，就是好幾天了。他們的人生消磨在鐵路上。大年除夕跟家人吃團圓飯，也自然在鐵路上了。

後來，我在不同的華人地區如香港、台灣，過了幾次春節。每一次，我都想起，在大陸夜車上過的第一次春節。在空盪盪的列車上，只有餐車好熱鬧。

人生如旅行。大陸鐵路員工的人生，更是如此。

青春的電影

情節達到高潮，幾乎每一個女性都不分國籍地大聲哭泣起來，使在座的男性目瞪口呆。

大概每個人都有代表青春的一部電影。對我來說，就是《莫斯科不相信眼淚》。一九八〇年代初，社會主義體制還鞏固的年代，今天的俄羅斯叫做蘇聯。《莫斯科不相信眼淚》是當年在蘇聯、以及其他國家很受歡迎的一部作品。

主角是一名蘇聯女性。學生時代，有一晚她參加派對，出於好奇心，跟一個著名花花公子發生關係，結果懷孕了。蘇聯的社會風氣比較開放，她決定做個單身母親。轉眼之間，十幾年過去，叫亞歷山德拉的女兒上了中學，她自己則做了一家工廠的最高幹部。當年的花花公子如今是電視台導演，有一天來她工廠做訪問。我們的主角很有氣節，當初沒告訴他自己懷上了孩子，這一次也斷然拒絕對方的誘惑。不久，她認識一個男人，乃文化水準不高的一名工人。雖然學歷低，社會地位也低，但是他為人可靠、智慧特深。主角看上了那工人，可是兩人地位的不平衡導致男方離她而去。這個時候，向來心硬、從來沒流過眼淚的主角，竟然大聲哭起來，使周圍所有人吃驚至極。大家發覺她多麼愛那個工人，於是特地去找他，請他回來跟主角結婚。

我是在東京新宿「東急電影廣場」劇院看了這部電影的。當時「東急電影廣場」剛開業後不久，吸引著很多年輕影迷。跟之前的日本劇院不同，這一家採用會員制和對號座，不會有人在後邊、走廊上，比肩繼踵，擠滿地站著看戲。加上，椅子很寬綽，坐起來舒服得很。雖然票價比一般戲院高二成，但還是很多影迷爭先恐後地去「東急電影廣場」，何況它獨家放映優秀的外國影片。

那天，我跟一個男同學約會去看了《莫斯科不相信眼淚》。當時，在世界各國出現了一系列以獨立女性為主角的電影。未料，社會主義國家蘇聯竟拍得出如此充滿著人情味的佳作。當主角在銀幕上放手嚎啕之際，我坐在軟綿綿的椅子上，也開始流眼淚、流鼻涕。最後，愛人回到身邊，她高興得比剛才還要大聲地號哭時，我都控制不住嗚嗚哭泣，使坐在旁邊的小伙子目瞪口呆。

我從小看過不少電影。但是，受感動到那個地步，卻是平生第一次。電影快結束時，三拍節奏的俄語主題曲重複地唱「亞歷山德拉、亞歷山德拉……」我至今能哼出來。

三年以後，我去北京留學。有一晚，在留學生宿舍的視聽室，電視播映的影片，果然是《莫斯科不相信眼淚》。在電視機前邊，擺著摺疊椅子，坐下來的觀眾有來自各國的留學生和中國籍工作人員。情節達到高潮，幾乎每一個女性都不分國籍地大聲哭泣起來，使在座的男性目瞪口呆。最後，故事圓滿收場，剛才大哭的姐妹們一個個哼著「亞歷山德拉、亞歷山德拉……」離開視聽室，雖然誰也不懂俄語。

她的志願

人得爲自己活。
除非活出眞正的自我來，人生是沒有意義的。

我高中的班裡有個女同學姓渡邊，她的志願是做律師。

渡邊是班裡最受男同學歡迎的女孩子。圓圓的眼睛總是明亮晶瑩，棕色的頭髮則是永遠捲捲的。她是學校交響樂團的成員，每天上學時候，一手拿著長笛盒子，稍微寂寞似地一個人走路的樣子，簡直是一幅泰西名畫。課間休息時，她也不跟別人說話，而自己站在窗戶邊往外看。嚮往她的男同學們擔心說：「渡邊小姐會不會自殺？」女同學們卻很冷淡道：「絕不會。她做作得很呢。」

即使做作，從高一到高三，渡邊確實保持了同一個姿態、同一個形象。

渡邊和我們就是不一樣。她從來不跟一大批女同學一起到洗手間，在鏡子前邊，一邊弄頭髮一邊說閒話；下課以後也沒有一次去過地鐵站附近的快餐廳大口吞下炸雞、漢堡包、巧克力奶昔。哪些行爲使男同學皺眉反感；渡邊懂得本能地迴避。連她打扮都與眾不同；總是穿著咖啡色三件一套的西裝，兩條腿永遠包裹在尼龍絲襪裡。除非是遠足去爬山野營的時候，絕對不穿上牛仔褲、涼鞋之類便裝。

總的來說，她把自己的形象管理得很成功。而那種形象，我們都很熟悉，因爲在少女漫畫裡常見到。但是男同學們很少看過少女漫畫，天眞地以爲她風格完全自然而獨特。用三個字來概括那形象便是：「好女孩」。教室好比是她的舞台，每天演「好女孩」演到三年級冬天，快要報考大學的時候。

渡邊的志願是做律師。二十多年前，日本各大學的法律系給男生壟斷；女生占的比率連十分之一都不到。政治系、經濟系也差不多；至於理科、工科的情形，更不在話下了。在那麼個情況下，當年多數「好女孩」都選擇了文學系或教育系。大家關心：做了三年「好女孩」的渡邊，會不會貫徹初志讀法律系？她不怕「女強人」的帽子嗎？

有一天，班主任向大家公布說：「渡邊同學要報考慶應大學文學系了。我們都知道她本來要學法律。然而，經過細心考量，她覺得法律系的風氣對自己不合適，於是勇敢地改變了志願：先讀文學系，將來要做律師的妻子了。」渡邊站在班主任旁邊，羞得兩頰緋紅。

他那種說法、那種語氣，若在今天夠算是性騷擾的了。可是，當年，多數人覺得渡邊的選擇很現實、很成熟。即使在首都的重點學校也一樣。想到這一點，我們似乎沒有資格嘲笑伊斯蘭國家對女性的歧視、壓迫。後來，渡邊如願地考上慶應大學文學系，直到畢業都保持了「好女孩」的形象，而讀完大學後不久，經過相親，果然嫁給了年輕律師。

今天的社會跟當年很不同了。然而，重視形象、過分在乎別人對自己的看法，仍舊是年輕人當中常見到的毛病。人得爲自己活。除非活出眞正的自我來，人生是沒有意義的。

當年為何

我無意識地希望能勾銷過去的錯誤，並跟她重新交朋友。
她到底怎麼想，我無從得知，卻心中重複地問自己：當年爲何？

幾年前，翻著高中校友住址名簿，我發現，老同學Y住在離我家不遠的K市。恰巧時逢年底，馬上寫賀年卡給她；不久收到了回信。她說，大學畢業後，跟一名學長結婚，並做了小兒科醫生，目前任職於弱能兒童中心。

我想起來，二十多年前，我和Y曾討論過彼此的志願。我說將來要當記者；她說要嘛做老師，或者當醫生。後來她決定考醫學系，因爲「我這個人耐性不夠，恐怕不能做好老師」。那其實是Y性格謙虛的表現。如今我得知，她最後選擇的職業，果然是當年兩個志願相結合的。我很佩服Y的意志力和計畫性，也覺得很高興，隔了大約二十年，又跟她聯絡上了。彼此住得相當近，今後來往很方便。

然而，那一年，我們既沒有見面，又沒有通電話。日本缺少小兒科醫生，Y的工作大概非常忙。我本人，除了工作以外，要照顧小孩，自由時間很有限。那年底，寄給她第二張賀年卡的時候，我寫：「新的一年裡，希望能跟你再見面。」但是，又一年過去，我們的來往還是只限於交換賀年卡。

到了那個地步，我得承認，恐怕以後都不會跟Y再見面。大家很忙，只不過是藉口。在我們心底，在我們過去，倒有理由互相避開的。

記得高中時候，Y家住在東京杉並區，乃很清靜的高級住宅區。她父親做甚麼，我已經不記得了。對她母親，印象仍然很清楚；雖然是家庭主婦，但是很有修養很理性，跟女兒說話時的態度，好比是同性前輩在引導後輩。Y告訴我，她看的書，很多是母親推薦的。在Y房間裡，有木製書架。上面放的全是世界名著。我非常羨慕Y。她不僅功課好，而且人格高尚。有一次，擔任我們班的教育實習生，在課堂上發表了充滿偏見的演說。同學們都覺得不對，但只是彼此以目示意而已。那個時候，Y毅然舉起手來，很有禮貌地告訴實習生說：「我認爲，您的演說，不適合在講堂上發表」，引起了全體同學拍手表示同意。

她的學識和毅力，顯然是受了母親薰陶的。跪在她書架前，我問道：「可不可以借一本？」Y和母親相看一眼，然後說：「當然可以。」我選擇的是法國長篇小說總共七卷之第一卷。套著綠色紙盒的精裝本，我帶回家以後，卻沒有打開，一直放在自己的書架上。

現在回想，我對Y，恐怕不單羨慕，而且嫉妒。於是從她書架，偏偏抽出了人家最不願意失去的一本。也爲了不讓催促，後來硬借給了她一本書當抵押。但那是廉價文庫本，丟了都不可惜的。我好幾次告訴她：「對不起，我還沒看完，」直到大家畢業。

過去二十年，每次想起Y，我都一定想起那本書而感到內疚。翻著校友住址名簿，發現她住在附近時，我無意識地希望能勾銷過去的錯誤，並跟她重新交朋友。她到底怎麼想，我無從得知，卻心中重複地問自己：當年爲何？

美醜女

他那一句話，似乎解除了詛咒。
從此，世界從黑白變成彩色了。

小時候，我不喜歡自己的臉。

周圍的大人們說：「哥哥好可愛。他長得很像母親。相比之下，妹妹就差了一點。她長得活像父親。」

除了一雙單眼皮，我的鼻子和嘴唇都挺像父親的。哥哥的鼻子既高又細；我的鼻子則既扁又大，再說毛孔特別顯著。於是，每次吃草莓時，母親和哥哥總是開玩笑說：「這是誰的鼻子？是爸爸的？還是妹妹的？」

至於嘴唇，更是糟糕，因為母親說：「很像豬的。」照鏡子看看，我的嘴唇確實比別人的豐滿，而且上唇稍微往外捲，都是從父親遺傳下來的。

現在回想，我覺得很奇怪。父母是戀愛結婚的，母親當初應該看上了父親，否則不會嫁給他。那麼，她爲甚麼不喜歡父親的臉，說「鼻子很像草莓，嘴唇活像豬」等難聽的話呢？

大概是她和婆家人關係不好的緣故。我長得像父親，也像奶奶、姑姑。我的臉讓母親想起在婆家受過的折磨。

小時候的我，不理解大人心理，也沒想到責備母親（畢竟是她生了我的！）只是覺得非常倒楣。如果我長得像母親，跟哥哥一樣可愛，那會多麼好。但是命運無法改變，孩子亦沒錢做整容。很多下午，我都一個人坐在鏡子前邊，研究自己的臉。鼻子是不能動的。嘴巴卻可以動一動。我使勁，儘量縮小嘴唇看看。這樣子，是否好看一點？

後來很多年，我都縮小著嘴唇生活。在當年拍的照片裡，我的嘴巴總是很緊張，從來不放鬆的。

我開始放鬆過日子，是二十多歲，離開母親身邊以後的事情。以前她常說：「你特難看，保證嫁不出去。」實際上，這世界有一些異性對我表示好感。但是，我對自己的容貌照樣沒有信心，總是以爲人家喜歡我的「個性」。當有人說：「你很可愛」，我都確信他在說我性格可愛。

記得有一晚，我在某一座外國城市，跟當地男友一起坐計程車。他說很喜歡我，於是我反問道：「到底喜歡我甚麼地方？」出乎我意料之外，他回答說：「我最喜歡你的嘴唇，豐滿得特別性感。」

我感到驚訝的程度，很難以語言表達出來。自從懂事，我一直以爲自己的嘴巴活像豬，因而長期使勁縮小嘴唇生活的。根本沒想到，竟會有人看上我的嘴巴！

他那一句話，似乎解除了詛咒。從此，世界從黑白變成彩色了。我忽然發覺，車窗外邊的夜景非常美麗，粉紅粉綠的霓虹燈光，好比在漆黑背景上畫著水彩。

現在，我滿喜歡自己的臉。尤其對鼻子和嘴唇，感情特別深。美醜也許有客觀標準，但是人嘛，始終各有所愛。

小人之心

我確實知道世上有一群人，雖然稱不上壞人，但是特別地幸災樂禍。

我從小以爲人本質上是善良的。雖然世上有小偷、騙子、強盜、殺人犯等等壞人，但是他們從來沒有在我面前出現過，似乎專門在遠處活動。

那麼，在我周圍的都是好人嗎？並不見得。我從小就注意到，不僅在小朋友當中，而且在大人當中，稱得起好人的其實是極少數。其他人，即使不是壞人，也不是特別善良。他們經常小氣、任性、殘酷。

幾年前，我看上海作家余秋雨的散文集《山居筆記》，其中有一篇題爲〈歷史的暗角〉，文中談到在中國歷史上小人所起的種種反面作用。我忽然明白，從小熟悉的那些人，不是好人，也不是壞人，原來是小人。

小人有兩個特點：一、不負責；二、幸災樂禍。他們不會做大壞事；但是喜歡扯別人的後腿。他們不會撒大謊；但是懂得用沉默來誤導別人。

不僅在古代中國，連現代日本都有很多很多小人。他們做的小事情有時候引起大結果，但是始終難於追究他們的責任。在這一點上，小人是比壞人更難辦的。

然而，大部分人對他們根本不警惕，以爲：人家又不是壞人，怕甚麼？

我自己本來站在性善論的立場，相信人們做事情都出於好心。可是，這些年的經驗讓我改變了立場。有些人做事情，即使不出於惡意，有可能出於小人之心，也就是幸災樂禍。我們非得警戒小人的活動，爲了保護自己的幸福。

我一個朋友，本來有溫柔的丈夫、健康的兒子，三個人過著和平的日子。丈夫調轉到外地工作時，全家一起搬過去了。剛開始人生地不熟，朋友給母親打電話發牢騷。未料，老太太在明裡暗裡勸女兒帶孩子回娘家，導致夫妻分居了。婆婆聽到後，來看孫子，結果受冷落，氣著走了。從此朋友和婆婆基本上斷絕來往，但是老太太也不從中說和讓她們倆和好。幾年過去，丈夫調回來發現，婆媳矛盾鬧到極點。三口子要重新建立家庭生活，老太太卻不停地干擾。最後，丈夫覺得受不了，提出離婚了。

現在，朋友做了單身母親，邊工作邊做家務邊照顧孩子，非常疲倦。這回，老太太不允許離過婚的女兒回來住，偶爾去幫忙時，一定要說一大堆挖苦人的話，包括女兒沒有眼力找好男人。

那老太太是小人。也許很難相信，親生母親會故意破壞女兒的幸福。但，小人做事，始終不是「故意」的。她只是靈機一動做了「好玩」的事情而已。到了最後推卸責任，也是小人的常規。

朋友大概想不到自己的母親是小人。我也不會告訴她。不過，我確實知道世上有一群人，雖然稱不上壞人，但是特別地幸災樂禍。他們的所作所爲，有時會引起旁人的大不幸。

記憶啊，記憶

我早就知道，世界是不可能完全把握的。
但是，根本沒想到，其實連自己都這麼難把握。

前幾天，老同學M從紐約飛來東京到我家作客。我們談到整整十年以前，我還住在多倫多的時候，她和先生一起到我家待幾天，三個人過了聖誕節的事情。

「都十年了，」我說。

「時間過得眞快。記得咱們一起看了《歌劇魅影》嗎？」M問我。

「當然記得。那天你們替我買了門票。相當貴，好像一張九十塊加幣吧，我覺得很過意不去呢。看完之後，我們去吃印度菜，當聖誕晚餐的，」我說。

「眞的？我們眞吃了印度菜嗎？」M說。

「你先生畢竟是南亞出身，用手吃咖哩的樣子很自在漂亮，使我印象特別深刻。那晚，咱們三個人坐電車去多倫多東部小印度的。你記起來了嗎？」我問M。

她搖搖頭說：「我忘得乾乾淨淨。那次在多倫多，我倒記得去你朋友家吃過春捲。」

這回，我得搖搖頭了。「我們在誰家吃了春捲呢？」

「你不記得？嫁給加拿大人的日本太太家。她業餘做的木偶，既大又逼眞，挺像當時八、九歲的她兒子。你那位朋友眞是多才多藝。那晚除了春捲以外，還有印度點心。她先生誇耀著說：『我太太做的薩摩薩全世界最棒。』另外，炸豆腐包起來的『稻荷壽司』，裡面放有胡桃，實在很好吃，」M的記憶非常清楚。

我倒是一點也記不起來的。多才多藝的日本太太，當時我確實認識一位。鈴木女士畢業於美術大學，到加拿大結婚以後，生了個男孩。她的烹調藝術也出人頭地，甚至後來開始爲宴會供給食品的。我帶M和先生去的，一定是她家。但是，她業餘做木偶？而且是挺像她兒子的？我完全沒有印象。

M跟著說的一句話，更讓我想不起來了。

「對了，還有一晚，我們在你家吃了日式火鍋。那晚的客人，後來怎麼樣了？她說，把家人丟在故鄉東歐，一個人跑來加拿大申請政治避難了吧？」

我簡直像被狐狸精捉弄一樣，因爲我根本不認識那麼個東歐女人，於是問了M：

「你不會記錯吧？」

她卻斷然道：「絕不會。那天早上，咱們先到唐人街日本食品店買了冷凍的牛肉薄片。你說，在陽台上放了半天，自然會解凍。果然，傍晚客人來臨時，恰恰好了。」

她顯然記憶猶新，說得很生動傳神，而且細節都完全符合我當時的習慣。記憶有問題的，應該是我。想來想去，我就是不記得曾有過那麼個東歐朋友的。

我早就知道，世界是不可能完全把握的。但是，根本沒想到，其實連自己都這麼難把握。別人記住的我經歷，本人倒忘卻得乾乾淨淨，感覺猶如失去了人生某部分。原來，人的自我意識是由記憶組成的。

非公認的自我

既然我忘記了僅僅十年前的朋友關係，而有人提醒都記不起來，我恐怕也忘記了更早以前的很多很多事情。

我不大想出名，也不特別希望在這世界留下永久性的痕跡，但是非常想看自己的傳記。

自從跟老同學的對話中發現自己失去了很多記憶以後，我似乎經驗一種身分危機。僅僅十年前的朋友關係，第三者清楚地記得，我本人卻忘記得乾乾淨淨。

老同學講到的東歐女人，在我腦海裡成了七巧板無所歸屬的一塊，或者說，找不到底子的謎語。當年在多倫多，我身邊確實有一批東歐人，主要從捷克來，很多是夫妻，單身人士屬於少數。至於把家人丟在家鄉，一個人跑來加拿大申請政治避難的女人，我想來想去，就是想不起來一個。

人的大腦有所謂「防衛機制」；對自己的心理健康極其不利的記憶，自動給壓抑，叫人記不起來。比方說，小時候受過虐待的人，往往不記得難堪的童年經驗，直到成年後接受精神分析、心理治療等時候，才恢復記憶來的。其實，普通人之所以能夠熬過艱難事件，如親人死亡，也是隨時間逐漸忘記痛楚的緣故。也就是說，忘卻不一定消極。但是，我跟某一個東歐女人之間，不大會發生過特別難堪而需要壓抑的事件吧。

說實在，我忘記了她，並不是問題。我忘記了當時跟她有來往的自己，才是個問題。既然我忘記了十年前在多倫多生活時候的自己，很有可能，我也忘記了其他時候的很多自己吧。那麼，我所認識的自己，到底有幾分眞呢？

我想看自己的傳記，換句話說，是想知道自己的眞實歷史。同時，我也想知道，到底自己記得多少，忘記了多少。

世上的傳記，除了自傳以外，有公認和非公認兩種。我得排除寫自傳的可能性，因爲我的記憶顯然太片面。

所謂公認傳記（authorized biography）是經過本人確認，非公認則是沒有經過本人確認的。我原來以爲公認傳記應該比非公認的準確，因爲任何人的經歷，按道理本人總是比別人知道得多。然而，現在，我得改變立場了。

既然我忘記了僅僅十年前的朋友關係，而有人提醒都記不起來，我恐怕也忘記了更早以前的很多很多事情。那麼，當傳記作者通過調查發掘我早年經歷而寫成文章時，我會不會相信那些陌生的事件眞的屬於我生涯呢？實在太難說了。

人生的故事

如果眞要從頭到尾背誦的話，
恐怕需要好幾個鐘頭了。

到了二十歲，我已經有滿腹故事了。

那故事，是關於我成長經歷的。主要登場人物有：我、哥哥、父親、母親。雖然我下面還有兩個弟弟和一個妹妹，他們卻沒有出現在我的故事裡。我、哥哥、父親、母親之間的四角戀，才是對我最重要的人生故事。

當年日本重男輕女思想太嚴重。大我兩歲的哥哥，凡事都得到最好的；他不要的才輪到妹妹來。比如說，哥哥要滑冰靴，或者吉他，父母都給他買，即使在家境很不好的時候。他們倒從來沒問我想要甚麼。久而久之，我成長爲沒有欲望的女子；有學校借來的書看，就心滿意足了。奇怪的是，我那種態度叫父母著急。忽然間，他們跑出去爲我也買滑冰靴和吉他。但是，跟哥哥的寶物，等級可不一樣的。他的是全新，我的則在舊貨店撿的。我本來對滑冰，彈吉他並沒有興趣，何況對舊貨，不會覺得很高興。如果當初羨慕過哥哥，我羨慕的是他的幸運，或者說父母給他的愛。從舊貨店買來而一直放在走廊上的紅色滑冰靴和尼龍弦吉他，象徵了我的不幸，或者說父母沒有給我的愛。

又例如，父母對哥哥抱有望子成龍的心態，對小妹妹沒有甚麼期待。然而，哥哥從小功課不怎麼好，我則成績突出。哥哥得到八十分，父母馬上給他買玩具汽車。我得到一百分，父親說：「假如你是個男孩，就好了，」母親則說：「不要爲此得意洋洋啊。女孩子家太聰明，將來嫁不出去的。」我並不想要獎品，但是有時想得到父母的稱讚。尤其受不了的是，當我學業上成功的時候，他們對外人誇我，同時對我本人仍舊說風涼話。

對父母親抱有的不滿，我很少跟他們或別人說過。當年的日本人普遍認爲，孩子不應該反抗父母。他們生了我，養了我，從來沒有打過我，抽過我。還不夠嗎？大家會說，我得感謝父母了。哪裡有道理埋怨他們？

不僅長輩，而且跟我年紀差不多的朋友們，都認為我不應該埋怨父母。你覺得不幸，但是世上不幸的女孩可多著呢。父母親對你有所不公平，大概情有可原的吧。比如說，他們學歷低，工作忙，孩子多，錢不夠，很疲倦？

不能對別人訴說的不滿，在我肚子裡，每天每天積累。到了二十歲的時候，已形成一部長篇小說了。我從來沒有拿筆寫下來，但是在心中重複敘述，直到能夠背誦的地步。從我兩、三歲記事起，幼稚園、小學、初中、高中、補習班、大學，每一段時間裡發生的事件，以及我對它們的分析、評價都包括在內。如果眞要從頭到尾背誦的話，恐怕需要好幾個鐘頭了。

心靈瘡痂

因爲心靈滿是瘡痂，
小小的一件事情都導致心中流血。

小時候感到的怨懟，長期不能對別人訴說的結果，成爲精神上的創傷。苦水是應該吐出來的，否則會引起胃潰瘍，叫人痛得折騰。

進入了青春期以後，我跟異性朋友的來往非常困難。一旦建立親密關係，我就恨不得說出心中敘述過無數次的人生故事，主要內容爲對父母哥哥的種種怨懟。這嚇壞了很多人。

一方面，太強烈、太暗淡、太情緒化的故事是讓人害怕的。另一方面，對父母親的批判，很多人覺得道德上不應該。不僅在東方，連在西方，批判父母屬於社會文化上的忌諱。當我開始數落父母的不是，本來很理解我的朋友都馬上改變態度反問：「難道你對父母一點恩愛都沒有？」讓我覺得又遭了拒絕，受了譴責。

精神上的創傷，跟身體上的很相似。傷口結的痂，沒治好之前搔，會化膿的。二十幾歲時候的我，好比在心靈上有了太多瘡痂。別人無意間輕輕碰一指，我都痛得折騰，給人以「過分敏感」、「精神衰弱」的印象。

自以爲從小沒得到父母的愛，我的自我評價相當低。當有人對我表示好感，我覺得他喜歡我的表面而已，一知道我的眞面目，就會討厭而走。

每天的生活極其痛苦。於是，我離開父母家到中國大陸留學去了。一到國外，就覺得好一點，但是留學期限只有兩年，總得回去面對現實。回國前夕，我的精神狀態最爲糟糕，有一天吃下了十三顆安眠藥，給送到醫院了。中國外交部通過日本外務省通知了我父母。但是，他們沒來看我，也沒來電話，甚至連來信都沒有。我感到絕望。

回國後，我當了新聞記者。除了工作時間長以外，尤其使我苦惱的是，跟上司、同事的人際關係。因爲心靈滿是瘡痂，小小的一件事情都導致心中流血。我去了國立醫院精神科。大夫聽了我的狀況後說：「有原因而苦惱，那不是病。你先改變自己的生活看看。比如說，換工作。」可能他說得對，但是幫不了當時的我。

就業後才七個月我辭職而再一次出國，這回到加拿大去了。時逢十二月，北國的冬天非常冷。我的心情馬上掉到最低點了。冒著大雪，我去看心理輔導家，乃南非來的印裔女性。她以爲我的狀況是文化震撼造成的。有一部分道理，但是更大的部分是追溯到二十多年前的，不可能一下子就解決。

後來的六年半在加拿大，我總共看過四個心理輔導家，主要談了跟母親的關係。在影片《麻雀變鳳凰》裡，男主角對女主角說：「爲了跟父親說我恨你，我花了一萬美元。」我自己花了六千加幣，最後也沒有跟母親說我恨你。畢竟，彼此的文化不一樣。

不過，跟心理輔導家的談話中，我的人生故事，逐漸接近完成了。

心理療法的作用

那是平生第一次的一見鍾情。我清楚地感覺到，自己正站在人生最重要的轉折點。

從小在精神上重複受傷的人，長大以後往往在人際關係上出毛病。我大學畢業以後，經常換工作，也換男朋友，現在回想是心靈傷疤導致的。

在加拿大生活的六年半裡，我接受了四個心理輔導家的治療。跟外科手術不一樣，心理療法的效果很間接，不會一下子就看到。可是，重複對專家訴說從小在心中壓抑的怨望，我慢慢開始想通，想開了。

父母沒有慈愛我，並不是我的錯；我埋怨他們有道理。我也不一定要原諒他們，因爲不可以原諒的事情是可以不原諒的。這些事情，在普通的情況下，不合適於對別人說。心理輔導家有絕對保密的職業原則，叫人能夠自由談話。他們也很少說出自己的意見，大多時候默默傾聽而已。人都需要沉默的聽者，若在身邊找不到的話，請專家幫忙確實是一個好辦法。我曾經有過滿腹的故事。三十二歲離開加拿大的時候，故事已經開始縮短，是心理療法起的作用。

我當初移民去加拿大，有易地療養的意思。完成六年半的療養生活，我要重新回到現實中去。然而，故鄉日本還太遠，畢竟沒有人跟我說「回來吧」。至於父母，他們喜歡女兒在外國，以便對外人誇耀。

一九九四年，我搬去了香港。英國殖民地最後的日子裡，經濟情況非常好，我找工作很順利。當年香港社會瀰漫著享樂主義。表面上很華麗的生活背後，人們卻互相傷害。我慢慢發覺，跟香港殖民地時代一樣，我的青春期也快要結束了，早晚得開始腳踏實地過日子。單單一個人活下去，非得有可靠的工作不可。我開始考慮讀研究生。拿到學位以後回日本，並選擇在小地方找教書職位的話，也許能夠跟東京家人保持距離，心平氣和過日子。

另一方面，我都一直沒有放棄結婚的念頭。我覺得，獨身生活好比住在沒有鏡子的世界裡一樣，很難對自己有客觀的理解，不利於理性過日子。同時，多年在海外漂泊的經驗讓我渴望有長期固定的夥伴。我很想跟另一個人共度人生，共有記憶。

談戀愛和結婚，乃截然不同的兩碼事。前者猶如短篇小說，情節要單純極端，若能留下深刻的印象就算成功。後者卻像長篇小說，故事要漫長曲折，甚至前後矛盾，人生的喜怒哀樂全得包括在內。三十三歲的時候，我對短篇小說已經失去了興趣。但是，會有人願意跟我寫一部長篇小說嗎？

誰料到，三十四歲生日的前兩天，在香港銅鑼灣，他突然出現在我面前。那是平生第一次的一見鍾情。我清楚地感覺到，自己正站在人生最重要的轉折點。

戀愛的療傷效果

從自己的經驗，我敢斷言，
戀愛的療傷效果最大。

我的白馬王子是同胞日本人。他跟我一樣歲數兒，也一樣從事寫作，來香港採訪時認識我的。活到三十四歲，彼此都不缺乏談戀愛的經驗。然而，下決心一起過一輩子，乃截然不同的大決定。

認識後不久，我就主動向他求婚了。一來，我對自己的直觀很有信心。二來，我從來沒有遇到過一個人像他那麼願意聽我的故事。

「你為甚麼在香港?」他問了我。

「一言難盡的，」我當初很謹慎，因為不要把他嚇跑。

「一言難盡就慢慢說吧，」他還是催促我。

於是我開始講的人生故事，實在特別長。除了成長過程以外，有成年以後的種種經驗。很多是之前只對心理治療師說過的，連最密切的朋友們都不知道，父母親更不在話下。

當時，我住在香港，他則在東京，要說話只好打越洋電話。網路沒有普及的年代，國際通訊花費很大。我們卻不顧一切，一通電話就講個不停，往往講上五、六個鐘頭，甚至整夜。第二天，電話公司送來掛號快郵警告說：除非馬上付清鉅額電話費，則要停線。我趕快到銀行取款後又跑去電話局付錢，因爲那一段時間，跟他說話是我生活中最重要可貴的一件事。

每天每天，我都對他講述一段又一段人生故事。有時，邊說話邊哭起來。他在電話線那邊靜靜等待我哭完。有時，他同情我，一起哭。掛斷後，又想起沒說的部分，我打開電腦打出文章，並傳眞給他看。幾個小時以後會收到回信。當時，除了工作以外，我們花絕大部分時間和精力去理解彼此的來歷。

世上每一對情侶都會有說不完的話，於是喋喋不休。談話時候用的不僅是嘴巴和耳朵，而且是腦袋和心靈。通過和他的對話，我的腦袋越來越清醒透亮，心靈則越和平穩定了。從自己的經驗，我敢斷言，戀愛的療傷效果最大。畢竟，心理治療師傾聽是職業活動，情人傾聽卻是實踐愛情。從此以後，我心裡很踏實了。離鄉背井十二年，一直感覺遙遠的東京，為了見他，我開始經常回去了。父母知道後，很不高興，幾次來電來信干擾。但是，我再也不怕了。有了他，我就甚麼都不害怕。可見，愛情的力量多麼偉大。

愛是勇氣。這句話有兩方面的意義。首先，愛上別人需要勇氣，因為非得脫下心靈鎧甲，把自己的弱點暴露在對方面前不可。但是，有了心靈深處的交流，則不再必要穿上鎧甲了，因為愛情給我們無比大的勇氣。

在香港互相認識以後，過一年四個月，我們在東京舉行婚禮了。至今五年半，我都確信當初的直觀沒有錯，當初的決定完全正確。

大人之路

為了樹立自己的價值觀念以及生活方式，我認為，每一個年輕人都最好離開父母而獨立生活一段時間，然後才結婚生子。

回顧四十年的前半生，最大的轉機是生育孩子。之前的三十多年，我一直不知道怎樣做大人才行。學校畢業了，離開父母家了，有工作了，經濟上獨立了。但是，自我意識上，我還是個超齡小孩，不成熟得很。

然後，有一天，身邊出現了個完全無力的嬰兒。之前的九個月，他都在我肚子裡，一天比一天大，而且逐漸開始活動。但是，我的所作所為，還是很像超齡小孩，任性得可以。

我根本沒想到，照顧小娃娃那麼辛苦。我曾經做過新聞記者；每天早上七點鐘上班，深夜十二點下班，有時連續六個星期都沒有放假。但是，照顧小娃娃更加辛苦；一天二十四個小時，連一分鐘不能休息的。剛出生的嬰兒，睡一會兒就馬上醒來哭。結果，每天每天，我都得餵他十多次，也要換十多次尿布，導致了嚴重的睡眠不足。

雖然很辛苦，但是照顧小娃娃帶來的滿足感也非常大。一來，嬰兒成長的速度特別快。出生時三千一百克的體重，一個月以後，竟到了四千五百克。也就是說，增加幅度達百分之四十五！

二來，我跟他的關係是全面的。之前，我和任何人的關係都很片面。朋友、同事、家人，他們只知道我生活的一部分而已。連一起生活的丈夫，都有各自工作、活動的時間，睡著以後更是各做各的夢去了。然而，小娃娃可不同；他跟我是整天整夜都在一起，睡著時候也不分開的。也就是說，他知道我生活的全部。那種全面的關係，我平生第一次體驗到。

因爲小時候母親對我的評價很低，我一向心中擔心：可能我這個人本質很差，朋友們一看到眞面目，說不定就不喜歡我了。未料，跟小娃娃之間發生的全面關係，幫我消去了多年來的擔憂。我整天整夜都跟他在一起，不停地餵他，抱他，照顧他。即使別人不知道，他知道我是個十足的好母親了。連日徹夜的辛苦勞動證明了：我並沒有不可告人的惡劣本質，連自己都不知道的醜陋眞面目。

後來，我在一本書裡看到：跟無力的嬰兒在一起，人性善良的部分自然給引導出來。可以說，那就是我的親身經驗。

有趣的是，三年半以後生育第二個孩子，讓我從相反的角度看自己了。當初，我被自己的善心所驚喜，也覺得很驕傲。生了老二，卻重新發現了自己的局限。面對無助的嬰兒，做慈母容易得很。然而，面對調皮的幼兒站在自己和嬰兒之間，做全方位慈母很不容易。不過，這也好，因爲過分自卑不健康，過分自傲亦是病態的。一方面有善心，另一方面認識到善心的局限，好像是比較成熟的狀態吧？

現代人都以爲，人越自由越幸福。然而，養育孩子是例外。

照顧小娃娃是一天二十四個小時，一週七天的職務。母親的自由嚴重受限制。可是，新生兒的母親絕不是全世界最不幸的人。雖然很疲倦，但是很可能，她是心甘情願，甚至特別幸福的。

三十六歲生老大以前，我是一直爲自己過日子的。換句話說：使自己幸福，是生活中最大的目的。然而，小娃娃改變了一切。我選擇自己把他帶大，於是，照顧他從此成了我使自己幸福的方法。

話是這麼說，母親也是人，是血肉之軀，當然有自己的欲望。比如說，我哄小娃娃睡覺，等他睡了，想跟朋友講電話。然而，小娃娃特別敏感；我一離開他，他就開始哭。那是一種惡性循環：我越要他睡，他越不睡。

有一天，我忽然悟到了。好吧，放棄自己的欲望了。除了絕對不可以放棄的欲望（對我來說，閱讀寫作算是頭一號）以外，我都主動放棄，主動妥協。換句話說：我接受現實了。

從前，在北美洲生活的時候，常有人勸我「接受（accept）現實」。但是，我一直搞不明白那是甚麼意思，結果總是慌得很。誰料到，一旦接受，一旦放棄，感覺就非常自由了。

我的生活態度變得更積極。例如：電話可以不講；如果有事情非告訴朋友不可的話，寄電子郵件好了。而郵件的文案呢，躺在小娃娃身邊都可以擬好的。母親安閒在身邊，他反而不久就睡了。

愛是勇氣。勇敢地放棄自己欲望的結果，說不定能得到更大的自由。

愛也是食物。結婚，生孩子以後，我得每天自己燒飯了。當初，缺少經驗，能力不高，眞不知如何面對一天三頓飯才是。然而，有志者事竟成。我看食譜研究各種菜餚的做法。有時成功，有時失敗，逐漸成功的頻率高了。人的原料是食物。尤其，養育幼兒時，這句話絕對有道理。於是，我不讓他們吃快餐。能夠自家製造的東西，儘量自己做，如：義大利薄餅、生日蛋糕。何況漢堡包、炸雞塊！

現代人普遍重視社會活動；相比之下，家庭生活給輕視了。但是，由我看來，那是大錯特錯。家中住在甚麼環境裡，用甚麼，吃甚麼，聽甚麼音樂，才決定一個人的生活質量。而大人對於小孩的最大優勢，是自己能選擇並創造自己的生活方式。

爲了樹立自己的價値觀念以及生活方式，我認爲，每一個年輕人都最好離開父母而獨立生活一段時間，然後才結婚生子。正如很少有人爲自己每天燒大菜一樣，人生很多活動是有了家庭以後才能眞正參與享受的。自由受限制，但是會有大幾倍的好報應。

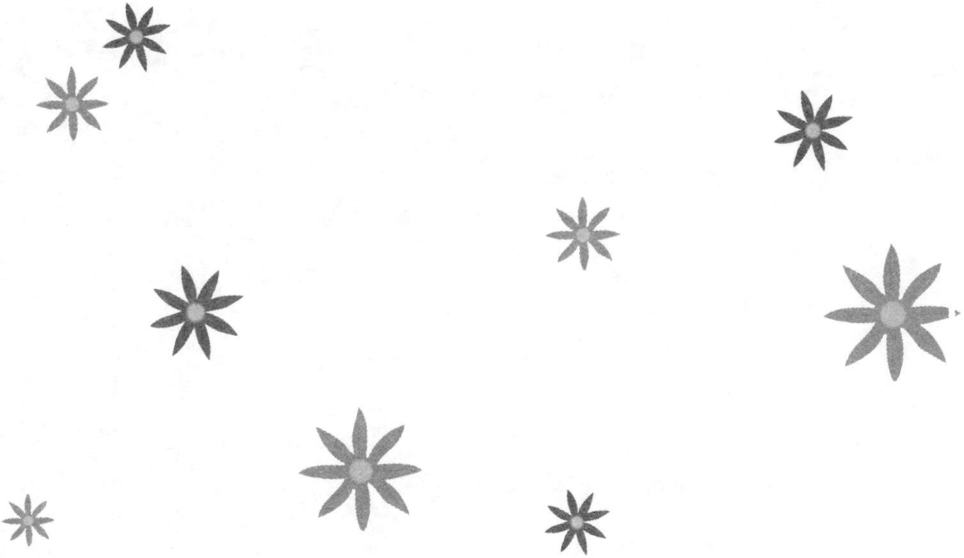

卷三

日本之味

溢出的乳汁

小娃娃專心嘬住奶頭而一天比一天大，在我看來是對於母愛的回禮。

如今在日本，全部喝母奶長大的孩子屬於少數。很多母親，因爲乳汁分泌不夠，只好給嬰兒喝人工奶。

我屬於幸運的少數。老大出生後，經過三個星期的奮鬥，不必用人工奶了。之後，到他兩歲半斷奶，母乳分泌一直足夠。

人本來就是哺乳動物，爲甚麼需要奮鬥，才能給自己的孩子喝母奶呢？由我看來，好像是現代醫學造成的矛盾。

例如，在我生產的醫院，孩子一出生馬上就給帶到新生兒房去，跟母親隔開十二個鐘頭。小娃娃平生第一次喝的奶，往往是護士調好的粉奶，第一次吸的奶頭則是哺乳瓶的橡皮奶頭了。這樣子，對母親餵奶造成很大的挑戰，因爲人工奶味道比母乳甜，橡皮奶頭也比母親的乳頭容易吸出奶來。我帶老大出院後，花三個星期方能讓他戒橡皮奶頭的。當他開始熱心吸乳頭時，母乳分泌自然旺盛了。

於是，前一陣生產老二時，我堅決主張不要給人工奶，生後十二個鐘頭，就給她喝母奶了。新生兒本能地嘬住奶頭，結果母乳分泌一開始就足夠，每次餵奶都順利得很。

醫生說，母乳跟人工奶不一樣，小娃娃喝了多少都不會過於肥胖的。我一有空，就給老二吸奶頭了。母乳育嬰眞好玩，簡直肉眼看出來她越喝越大。出生時有三千四百克的她，過兩個半月，已經有六千五百克了，比其他嬰兒大得多。

有一天，我又要餵奶時，她忽然間大聲哭著拒絕。看著發脹的乳房和哭泣的嬰兒，我不明白是怎麼回事。右邊的乳房，母奶分泌尤其旺盛，曾有幾次，她喝奶喝嗆了。我擠母奶看一看，果然跟水槍一般直噴出來，很快就濕透了毛巾。

從那一次起，餵奶不再順利了。我先擠奶幾分鐘，然後再給她嘬上。但是，皺著眉頭吸了一陣，她馬上開始哭。還好，給否決的只是右邊一個，至於左邊乳汁分泌較爲溫和的乳房，仍舊蒙受光顧。

除了拒絕右邊乳房以外，小娃娃並沒有異乎尋常，照樣笑得甜蜜，睡得香。看來光吸左邊乳頭，她就喝得飽，營養都足夠的樣子。做母親的我，倒覺得很困惑。給老二拒絕以後，右邊乳房發脹得更厲害，晚上睡著時乳汁溢出來弄濕衣服。

我當初把乳汁當作母愛的象徵：餵得越多，則愛得越深。小娃娃專心嘬住奶頭而一天比一天大，在我看來是對於母愛的回禮。現在，她只喝自己想喝的，而不再讓我隨意把奶頭放進嘴裡，雖然她還是一天比一天大。這豈不是自我覺醒的開始？

溢出的是母乳？還是母愛？

深夜洗著濕透的睡衣，我稍微心酸。

迷你「雛人形」

我自己結婚的時候，
沒帶甚麼嫁妝，應是純屬偶然。

中國的上巳節傳到日本以後，變成了女孩的節日「桃花節」；正如五月五日端午節，在東瀛演變為男孩的節日「菖蒲節」。

每年的三月三日，全國有女孩的家庭，都陳列一套「雛人形」，即總共十五個小偶人。在紅色台階上，坐著皇帝、皇后、三官女、五人樂隊、三官吏、左大臣、右大臣。下邊擺著皇后的嫁妝，如衣櫃、鏡子、餐具等等。加上左右兩邊的橘樹、桃樹，場面很華麗、熱鬧。

據說公元八世紀到十二世紀的所謂「平安時代」，日本人早就開始慶祝「桃花節」。

一般是第一個女兒出生時，女方祖父母贈送一套「雛人形」，祝賀小女孩一輩子吉祥如意。

四十年前，我出生時，父母親住的房子非常小，於是姥姥去百貨公司買了一套迷你「雛人形」。在大約五十公分寬的玻璃盒裡，坐著十五個特小偶人。

雖說是迷你的，但是做得相當精緻。臉畫得漂亮不在話下，每人穿的絲綢和服、官女拿的杓子、樂隊用的鼓、笛子等等，都活像真的。每年的桃花節，母親從厚紙箱拿出來時，我一定拍手稱好。實在越看越好看。

三月三日「桃花節」，有女孩的各家庭，除了陳列「雛人形」，買來桃花、菜花以外，還準備「菱餅」、「雛霰」等甜點心，以及糯米做的「白酒」。這一天，主人和客人都是小女孩。穿上了盛裝的女孩子們，互相拜訪去看看各家的「雛人形」，順便吃點甜品聊聊天。

雖說「桃花節」是全女孩的節日，但是每個家庭只有一套「雛人形」，乃屬於長女的。像我妹妹，作為次女，不僅沒有自己的「雛人形」，連二十歲「成人式」穿的和服都揀我的。

我二十二歲留學到中國大陸時，只拎著一件皮箱去；至於迷你「雛人形」，則留在父母家櫃子裡了。轉眼之間過了十多年，我在北京、廣州、仙台、多倫多、香港等不同地方生活。每年的三月三日，身在遙遠的異鄉，我都非常掛念留在父母家的「雛人形」。自從我離開日本，一直藏在櫃子裡沒有拿出來通風，木頭做的小偶人，會不會發霉腐爛？

去年十一月出生的老二是女兒。前不久母親來電問我，該給她買甚麼樣的「雛人形」。我馬上想起姥姥贈送的那套。她十幾年前去世，如今算是遺物，我的感情更加深了。

就這樣，我和迷你「雛人形」再見面了。幸虧沒有發霉也沒有腐爛。四十年時間過去，差不多是古董了，看起來挺有風格。有一部分道具掉了色，我去百貨公司補買。也為新出生的女兒買了一套迷你嫁妝。

大概是玻璃盒太小的緣故，我的「雛人形」向來就缺少嫁妝。我自己結婚的時候，沒帶甚麼嫁妝，應是純屬偶然。不過，作為母親，我還是希望將來女兒結婚時，能帶些東西去，包括原來是我的，現在是她的迷你「雛人形」。

天大的謎

這半輩子，我學到的一些事情，如外語，全是主動去學的。

我從小就自然識字，是有個哥哥的緣故。

他五歲的時候，每天從托兒所回來，都打開本子練習寫字。每天一個「平假名」，要抄五次，第二天帶到托兒所，交給老師看的。

每天下午，我母親一定陪哥哥，一起拿鉛筆慢慢寫字。當時三歲的我，則給扔在旁邊，無所事事，也拿起鉛筆模仿哥哥了。

就這樣，我自然而然地學會了總共五十個「平假名」。另外五十個「片假名」，以及二十六個英文字母，都沒有人教過我，反而坐在哥哥旁邊，耳濡目染不學自會的。

現在回想，我幾乎占了哥哥的便宜。當母親叫他坐下來，筆法正確地抄生字時，氣氛實在很緊張，壓力高得要命，難怪哥哥總是寫錯字了。相比之下，我在沒人監督的自由環境裡，一邊玩，一邊練習，結果學得比他快。

如今的日本小孩，往往不到三歲就會寫「平假名」，是他們的母親索取函授課程的材料，家裡培訓的結果。有個母親說，她的兩歲女兒太愛玩耍不愛學習，只好給糖果作爲獎勵，猶如在動物園裡訓練黑猩猩一樣。

我認爲，對還沒有上學的幼兒來說，玩耍比學習重要得多。因而，我家老大，已滿四歲都目不識丁，若想看書，非找父母不可的。

前些時，我去幼兒園開家長會，順便看看教室牆上貼著的圖畫。讓我吃驚的是，多數小朋友在自己的作品上用「平假名」簽字。這所幼兒園採用「自由保育」方式，從來不讓孩子們就席上課。顯然，小朋友們是回家以後，跟母親學字的。甚至有人告訴我，一些小朋友每週上幼兒補習班。

這樣一來，我突然覺得有點焦急。是否我兒子落後於人了？是否我應該教他識字了？

回家以後，兒子照樣帶圖畫書過來要我唸。我儘量裝出若無其事的樣子，問他道：「跟媽媽一起學字，好嗎？」瞬間，他似乎感覺到情況不對，忽然改變話題說：「我還是去畫畫兒了！」

那表情讓我想起三十多年前，母親叫哥哥坐下來的場面。他的臉總是稍微蒼白，是緊張？還是恐怖所致？

從自己的經驗，我清楚地知道，強迫是最差的方法。這半輩子，我學到的一些事情，如外語，全是主動去學的。除非自己感興趣，覺得喜歡、好玩，學也學不到。那麼，作爲父母，讓孩子感興趣的最佳方法又是甚麼？

我丈夫說，「要造成自然而自由的環境」。就像我小時候，坐在哥哥旁邊，一邊玩，一邊練習，自然學會了字那樣。

本來滿清楚的事情，怎麼一換立場，做了母親，就一下子糊塗了？這實在是個天大的謎。

不過，有一件事情，倒是很清楚的：我不必擔心教老二識字；把她扔在旁邊就是了！

小時候的暑假

卡片上蓋的圖章每天增加而帶來的滿足感，至今記憶猶新。

一想起小時候的暑假，我在耳朵裡馬上聽到知了的聲音。也不是只有一種。當年的東京有很多種知了的。

七月底，暑假剛開始的一段時間，每天從早就聽到「嗚嗚嗚」，此間所謂「嗚嗚蟬」的聲音。進入了八月，知了的種類更換，聲音由「嗚嗚嗚」變成「嘰嘰嘰」，乃日本人所說的「油蟬」，也就是大褐蜩了。到了八月底，暑假快結束的日子裡，外頭知了的聲音都有點憂鬱似的。寒蟬的聲音預告著將要到來的秋天。

跟很多小孩子不同，我是暑假一開始就把大部分功課都做好的，不是因爲喜歡，而是因爲太不喜歡。

老師要求同學們每天在固定的時間做一些習題。例如，國語和數學的教材，各有八十頁。如果每天上午花一個鐘頭，各做二頁的話，正好在暑假四十天內會順利完成。然而，我天生是個急性子，絕對受不了每天每天一點一點地做下去。以我的性格，無論做甚麼，都想趕快做完的，何況是極其無聊的練習本。因而暑假一開始，我花整整兩天時間，就把全部八十頁一口氣都做完。雖然那兩天相當辛苦，連吃飯的時間都要節約，可是早早完成了大部分功課以後，心裡輕鬆舒服得很。

每年暑假，我都參加早操。上午六點半，在小學校園，集合附近的大人小孩好多名，跟著NHK廣播電台體操節目的指揮，一起進行徒手體操。平時是八點鐘才起床的。但夏天的太陽升起得早，到了六點鐘，天已經很亮。家中父母兄弟姐妹都還在睡著。鬧鐘一響，我一個人起來，穿上衣服，洗好臉，在胸前掛著卡片，跑到小學去。

每天早上，在那張卡片上，蓋一次章。當暑假結束之際，數數蓋了多少次章，根據數目發獎品。最後收到了甚麼樣的獎品，我早就忘記了。但是，卡片上蓋的圖章每天增加而帶來的滿足感，至今記憶猶新。

雖然暑假不開課，但是做完早操回家吃飯，我又馬上跑到學校去，這回爲了參加游泳班。當年的老師們很勤勞，連暑假都每天出來教學生游泳的。我體育能力差，一開始根本不會游泳；小學畢業之前，至多游過泳池的長邊二十五米而已。儘管如此，我還是每天熱心參加游泳班，直到全身曬黑，爲的是蒐集卡片上的圖章和帽子上的絲帶。

跟早操不同，游泳班的卡片上蓋的章，只是參加的紀錄，到了最後也不會帶來獎品。但我還是拚命蒐集圖章而引以爲榮，猶如別人作爲愛好蒐集郵票一樣。至於游泳帽上的絲帶，則表示個人的游泳能力：會游五米者，把一條絲帶縫在帽子上；會游十米者，則兩條，等等。在我游泳帽上的絲帶，不一定每年都增加，但每一條都經過每天的訓練，好不容易得來的，因而叫人珍惜至極。

我小時候的暑假，活動項目並不豐富，但是印象特別深刻，而背景始終有知了的聲音。

兒子的抗議

才四歲，他不僅看透了我心情，
而且清楚地分析出自己行爲背後的心理原因。

「我做壞事，因爲媽媽總是生氣！」兒子說。

他今年四歲，每個星期一到五，上半天的幼兒園。最近我注意到，他經常打一個同學叫博啓，於是問了他：「你爲甚麼打博啓呢？」

當初，兒子重複地說：「我也不知道。」

「他不是很好嗎？雖然個子比誰都大，但是性格特別溫柔，總是笑咪咪的。其實他母親也是。我連一次都沒有看過她生氣的樣子，」我說。

博啓有個弟弟，還不到兩歲。母親一手照顧兩個男孩，一定忙得要命。然而，她始終神態自若，從來不在別人面前罵孩子們。再說，她都打扮得很體面。

大概是直接受了母親薰陶的緣故，博啓和弟弟都非常乖，在我印象中，似乎只有笑容。

被我兒子打了幾次，博啓都不還手，至多說著「別打！別打！」抱頭往桌子下邊躲去。我兒子倒很難纏。雖然打得並不厲害，但是糾纏不休地打下去。有時候，其他同學們覺得看不順眼，替博啓過來把我兒子猛推一下。

「你不喜歡博啓嗎？」我問了兒子。「他和母親都是好人。媽媽特別喜歡。」

是的。我喜歡博啓母親，甚至嚮往。

我自己天生個性倔強，從小不是笑咪咪那種人。那也罷了；作爲職業女性，有時候實在非倔強不可的。不過，做了母親，就是另外一回事兒了。

四年前，兒子剛出生的時候，一時我整個人都充滿了母愛，和他過了一段蜜月般幸福的日子。只是，後來他開始走路、會說話，獨立人格越來越明顯，逐漸不是我可單方面疼愛的小娃娃了。尤其半年前，老二出生以後，兒子的所作所爲經常引起我憤怒。是他嫉妒小妹妹的緣故？還是我疲倦，容易發火？

晚上，一起洗澡的時候，兒子忽然說出「我做壞事，因爲媽媽總是生氣！」，對我的打擊非常大，因爲小孩子說得有道理，擊中了我的要害。

「媽媽眞的總是生氣？沒有溫柔的時候？」

「很少。一般都在生氣。」

「那麼，你說，誰的母親溫柔？」

「博啓的母親。」

「你爲甚麼覺得她溫柔？」

「因爲總是笑咪咪的。」

小孩子眞的很神祕。才四歲，他不僅看透了我心情，而且清楚地分析出自己行爲背後的心理原因。

幼兒園的小朋友，個個活像他們的母親。除了長相以外，待人接物都彷彿母親其人。兒子的急性子、執拗、遷怒於人等，哪一個不是學我的？

「好吧。從明天起，媽媽儘量不生氣，多點面帶笑容。你也儘量對同學們溫柔，好嗎？」

我和他互相用小手指拉勾相約。最後，他提出抗議說：「媽媽不用拉得太強啊，會痛！」

夏天的河

夏天的河，非常誘人，
但也極其危險。

孩子放暑假，做父母的非得找辦法打發時間不可。於是上週末，帶兩個孩子去了東京西部多摩川上游，叫鳩之巢的地方。那裡有出租小別墅。不過，我們這次沒有過夜，只是白天做燒烤，在河邊玩玩後，泡溫泉、吃過當地特產蕎麥冷麵就回來了。

去鳩之巢，離東京中心區，坐火車青梅線要兩個小時。雖說屬於東京都，這邊的軌道是單線的，每半個小時才有一班車。而且火車站裡沒有人工作，上車下車完全自由，買不買票都靠個人良心。

從車窗就看到綠色的山和藍色的河，漂亮得很。一下車更發覺空氣比市區涼快得多。實在很舒服了。從火車站往河邊的別墅，要下很陡的坡道。老公舉著嬰兒車出了滿身大汗。好不容易到達的別墅區，有幾十個小學生，非常熱鬧。他們也是從市區來接近大自然的。

在接待處付了手續費，買了一把木柴，便開始做燒烤了。本來可以在河邊自己造爐灶，但是這些年，東京的夏天太熱了。尤其對嬰兒來說，簡直有生命危險。因而我們選擇在帳幕下最靠河的地方坐下來，拿出餐具和食品，開始做準備。

剛才上火車以前，在車站旁邊的超市買了肉和蔬菜。有牛排、豬排、雞翅三種肉，以及玉米、香菇、青椒、茄子、洋蔥。最近爲四歲兒子買的一把刀頭兒不尖，說是用來安全，不過刃兒還是夠銳，我抓著他雙手，一起慢慢切。木柴早就著火了，上面放的鐵板已經非常熱。用錫紙把玉米包起來，往鐵板上滾過去。然後是其他蔬菜和肉類了。老公像職業廚師一般，在板上邊燒肉邊切。

「我想吃，我想吃，」個子最小的兒子，胃口反而最大，一開始吃就吃個不停。也難怪，實在太好吃了。很難相信材料跟平時在家吃的一樣，調料只用了鹽和胡椒而已。大概是新鮮的空氣起了偉大的作用。

幾十名小學生，比我們先到，先吃完了飯，這時正在池塘裡抓鱒魚。水泥做的方形池塘裡放了幾十條魚，穿著泳衣的小朋友走進去，一人要抓一條，烤了以後當零食吃。城裡長大的孩子們，多數從來沒抓過魚，何況是自己身邊游來游去的，大家特興奮、特熱鬧。我兒子都受了影響，自動改穿了泳褲、戴好了泳帽，也要跳進池塘裡去。

飯後，老公拉著兒子的手，走過吊橋到對岸去。那吊橋好像是管理員自己做的，旁邊有牌子說「不得超過三人」。其實，這裡出租的小別墅，一棟一棟都貼在山崖上，看來滿危險。下邊多摩川的水流又非常快，如果掉下去則一定沒命了。

其實，我弟弟小時候遭遇事故，乃在離這兒不遠的秋川。

那年，哥哥九歲，我七歲，弟弟三歲，妹妹才一歲。小弟還沒有出生，也許已經在母親肚子裡了。我家孩子多，去哪裡都很費事。但是父親喜歡開車帶孩子們出去，週末、假期去過很多地方。

酷熱的夏天，一家六口子一起到東京西部秋川玩水，既經濟又涼快，本來是很好的主意。尤其那天，父母剛買了新的保溫箱，是塑膠做的，裡面放了冰涼的飲料和食品，可以冷藏好幾個鐘頭。當年的日本，燒烤沒有普及；去郊遊，大家都帶便當去的。母親一早做了幾種三明治，跟冰涼的啤酒、汽水一起放在保溫箱。開兩個小時的車往秋川，我們期待玩水和箱子裡的午飯，很難說哪個更多。

如今回想，三十多年前的人做事情，跟我們現在，很多方面都不一樣。比如說，當年似乎沒有停車場，父親直接開到河灘去，在石頭子兒上停下來了。全家大小都很興奮，趕忙在車上穿泳衣、戴泳帽、脫下鞋子、帶浮水圈，往河邊跑過去。喧譁熱鬧中，忘了是誰無意中把車門關上了。未料，開車的父親原來把鑰匙放在車上，而且他沒有帶備用的來。

這麼一來，我們沒辦法開車門了。不僅那保溫箱，一切東西包括衣服和錢包都在車上的。這可怎麼辦啊！周圍的人們很熱心地把他們的鑰匙借給父親試試看。然而，每一把都不行。父母的臉色很難看了。

有個團體叫日本汽車聯盟，在緊急情況下，會派人來解決汽車問題。那天的問題，也顯然只好給汽車聯盟打電話請人過來解決的。但是，當年沒有手機，鄉下河邊哪裡有公用電話呢？託誰去打好？面對一大堆頭疼的問題，父母下的結論是：「等一下再說。先玩水。」

但是，別人吃便當喝水，我們卻沒有。連蓆子、毛巾，我們都沒有。理所當然，全家六口子心情很不好了。尤其，當孩子說出「我想吃保溫箱裡的三明治，想喝汽水！」時，母親尤其不高興。她扭頭背過臉去，連話都不說了。

就是那個時候，三歲的弟弟，在沒有人陪伴下一個人玩水，忽然給河水沖走了。聽到人家的叫聲，當我們回頭時，他的頭忽沈忽浮，迅速往下游流過去。父親馬上跳進水裡，拚命泭水，幸虧救了弟弟的命。

他沒死，但是喝河水引起了大腸炎。好幾個星期，一直拉肚子，沒能吃飯，身體越來越虛弱，最後給送到醫院住上了幾天。回家後，他也很容易生病。幼兒園、小學都經常請病假，結果成績不好，亦交不到朋友。直到小學三年級，被父親送去學柔道，他才開始健壯起來，後來長期做下去，高中、大學時期當了選手。

夏天的河，非常誘人，但也極其危險。如今我做了人母，帶孩子去河邊玩水，得始終盯住他們。

澀谷的一天

從前的澀谷、從前的自己；今天的澀谷、今天的自己，眞是感慨萬端。

東京澀谷向來是年輕人喜歡的鬧區。我也曾經常常去逛商店、喝咖啡、看話劇演出、聽音樂會。這些年很少去，一來如今住郊區，離中心區遠了點，二來年紀大了，覺得銀座等大人去的地方比較合適。最近去了澀谷一趟，爲的是讓孩子參觀日本廣播協會攝影棚公園（NHK STUDIO PARK）。

從西郊國立先坐JR中央線到吉祥寺，然後換坐京王井之頭線往澀谷，其實整個旅程不到一個鐘頭。那天東京的天氣非常熱，氣溫高達三十五度。本來擔心離車站走過去會太熱了，但是坐計程車又嫌太近。恰好從井之頭線車站走出來，對面就有開往NHK

的專車，我能坐在冷氣開放的巴士上看看外邊酷熱的街頭了。

十年如一日的人山人海，大部分是十幾到二十幾歲的年輕人。兩邊的大樓很多跟我大學時代一樣；裡面的商店、餐廳卻已經不同了。記得曾在這附近買過一件襯衫，是粉藍色底上有紅色條紋的，價錢很貴，差不多等於當時我一個月的全部零用錢。

巴士到了NHK，我忽然想起，其實以前都來過不少次。最後一次是五年半以前，還住在香港的時候，我擔任了國際廣播年底節目的當地播音員，事先來這裡開過會。第一次則是很久很久以前，高中一年級的時候了。平生第一次上電視，做了討論節目《年輕廣場》的嘉賓。

今天，我倒是帶孩子來參觀的。於是不走通往正面入口的路，而按照牌子指示，到攝影棚公園的入口去。買門票進去，裡面有很多小朋友和他們的父母親。不久有個項目開始，是兒童節目裡的人物出來跟小朋友們一起拍照的。

對四歲的兒子來說，澀谷就是他愛看的兒童節目所發送的地方。已經一、兩年，他經常說要去澀谷。果然，一到就親眼看見了電視上熟悉的巨大布狗「汪汪」，跟節目裡一樣地說話、唱歌、跳舞。

主持人問大家從哪裡來的？觀眾小朋友們紛紛回答說，東京、大阪、九州、北海道，日本全國不在話下，有人竟從台灣坐飛機來了。

因爲人很多，排隊等待接近半個鐘頭才輪到兒子跟「汪汪」一起拍照。然後我們到裡面去看看新聞節目播送室、歷史劇攝影棚，以及各種有關廣播的展覽。

八月中的星期天下午，大家想出去玩玩，但是外面的天氣太熱了，結果各屋內遊覽設備都很擁擠。這裡也不例外。

我們去食堂要吃點甚麼，未料人太多根本沒地方可坐，連在旁邊小賣部買飲料喝都要排隊十五分鐘。做父母的相當疲倦，小朋友卻始終很開心，從頭到尾跑來跑去盡情享受，最後買了紀念章別在胸前，驕傲得很。

在回家的車上，兒子累得打瞌睡。我則想想從前的澀谷、從前的自己；今天的澀谷、今天的自己，眞是感慨萬端。

知識與感情

今天我擁有的一點點知識，都是忘卻了那些死背來的片段以後，在課堂外，自己尋找而學到的。

從二〇〇二年四月起，日本小學、中學教科書的內容比原來減少了三成。多年來，此間學校的「塡鴨式教育」受過內外人士的批評，使得文部科學省（教育部）不能不採取措施。

所謂「教育寬裕化」，除了減少教學內容以外，通過新設的「綜合科」，鼓勵學生們發揮個性、創造性。另外，公立學校一律施行週休二日制，今後每星期六都不用上課了。

這些年，越來越多日本小學、中學生拒絕上課。現在，全國平均每個班裡有一個學生長期缺席。不少專家認爲，學習壓力太大是一個原因。還有，校園內常發生的欺負案件，都導致受害學生拒絕上課。大家期待「教育寬裕化」會改變校園氣氛；使過去的「監獄」從此變成「樂園」。

雖然日本是經濟大國，但是人民的創造性向來很低，諾貝爾獎得主的人數，遠遠比不上一些歐洲小國。教育改革的一個目的，也是通過新的課程培養創造性很高的人才。

未料，「教育寬裕化」還沒施行以前，很多人開始反對了。最大的原因是經濟蕭條。過去的大企業一個又一個地倒閉，而且只有外國派來的幹部能夠使公司起死回生，例如日產汽車的總經理。人們說，日本經濟不景氣以及缺少人才，都是教育政策失敗的緣故。如今的大學生，連最簡單的數學都不懂，因爲小學、中學教得不夠嚴厲。「教育寬裕化」的結果，不外是多數學生能力下降，最後導致國家破滅，云云。

看著報紙、電視上的爭論，不少家長開始感到不安。好像公立學校不行了，不如讓孩子應考私立名校。因而，只要是經濟寬裕的家庭，都讓孩子從小學低年級就開始上補習班去。

日本的教育改革似乎加強了兩極分化。父母學歷高、收入高的階層，孩子能受良好教育的機會較高；相比之下，父母學歷低、收入低的階層，孩子能受良好教育的機會，今後恐怕越來越低了。

我曾經是公立小學、初中的高材生。二十多年前的教科書很厚很厚，大部分同學都似懂非懂，我自己卻把全部內容都死背了。日文、英語、數學、歷史、地理、物理、化學、生物學等等，我都記住，並得到了最高分數。只有體育和美術，不可光靠記憶，於是成績平平。

後來，我考上了國立名校，卻覺得自己缺乏內容。拚命死背的知識片段，過些時候就雲消霧散，絕不會留下來。今天我擁有的一點點知識，都是忘卻了那些死背來的片段以後，在課堂外，自己尋找而學到的。

一個國家的教育政策，往往像鐘擺一樣，隨著時代風氣搖來搖去。教科書薄了也罷了。對個人來說，真正的知識總是跟感情分不開。只有在生活中，通過喜怒哀樂學到的知識，才是有生命的。當然，最好身邊始終有書本做伴。

親族旅行

孩子還小的時候，跟親戚一起去旅行過夜的記憶，他們長大後都會珍惜。

父親兄弟姐妹很多，五男三女總共八個。第二代也相當客觀，堂表兄弟姐妹加起來，竟達二十二人。爺爺奶奶去世得較早；我小時候，已由老四叔叔繼承了家業壽司店。每年幾次親族聚合時，本來在鋪子樓上開宴會。後來，人實在太多，沒地方坐了。畢竟，八對夫妻加上二十二個孩子，以及一些親戚，人數接近半百的。從此，法事改在寺院禮堂內舉行；親族大集合的機會幾乎沒有了。

幾年過去，有人覺得這樣子太寂寞，於是呼籲大家每年夏天一起到溫泉過一夜。地點是靜岡縣熱海；離東京，坐新幹線一個鐘頭，開車去則要兩個多小時。那裡有某機關的保養所叫潮音莊，恰好能容納五十人。每年八月下旬，人家過完暑假後，父系親族包一天的習慣，大約維持了前後十年。

當時，家境不很好，我們去旅行住外面的機會，一年裡只有這麼個一次。現在回想，潮音莊的設備以當年標準衡量都算破舊。溫泉大浴池專門爲男性開放；至於女浴池，比家裡的稍大一點而已，也看不到外景的。儘管如此，每年夏天，我都非常期待去潮音莊的一天。

下午，大家從東京紛紛往熱海。在潮音莊門口，看到眾親戚的臉。該年幹事查著本子給每人分配房間。在潮音莊，孩子和父母分開睡；我則跟兩個同年齡的女孩，千夏子和奈緒美住在一起的。記得每個房間都有美麗的名字，如松、梅、楓、馬藺、潮風、旭日等。找到了房間，就放下行李，馬上結伴去泡溫泉。每年每年，姑母們一定說：「男浴池多好啊。我們這邊小得可憐。做女的眞吃虧。」平時，我很少去公共澡堂。看到不同女人的裸體，覺得滿有趣。身體如面孔；人人不同，各有各的表情。

洗完澡，則要赴宴會場了。巨大的和式房間裡，擺著兩排的矮桌子。一人一個小桌上，放滿了各種菜餚，如刺身、天婦羅、蒸蛋等，標準的日本旅館菜。一年裡只吃到一次；我覺得特豪華，特好吃。

宴會剛開始，大人們個個都拿著酒瓶，互相倒酒，彼此乾杯。喝得差不多的時候，表演要開始了。首先是我們小孩；有的唱歌，有的跳舞。下面輪到大人了。當年大伯學所謂「浪花節」，是一種日本民間說唱。他每年一定要演出至少半個鐘頭，孩子們覺得難聽沒意思，大人們卻拍手叫好。當其他大人開始唱歌時，小孩子們早已沒有了耐心，紛紛溜走，到房間聊天玩耍去。

我當年有個毛病：一到八點就熟睡，從來沒有跟千夏子、奈緒美聊到深夜。她們很會欺負人的。第二天早上，我醒過來，一定互相擠眼說：「昨晚真好玩。一二三睡得那麼早，太可惜了！」

父系親族每年夏天的旅行，從我小學時候開始，延續到大學時代。最後是怎麼樣結束的，我不完全清楚，好像跟父親兄弟姐妹之間的法律糾紛有關。

那是一九八〇年代的所謂泡沫經濟時期；本來不值錢的房地產，在幾年內，翻了好幾番。爺爺留下的壽司店，原先蓋在租來的土地上，後來父親和二伯買下時，仍然很便宜。大伯、二伯很早離開家，父親也婚後獨立，由四叔經營壽司店，大家沒有意見；只要有人繼承家業就好了。然而，泡沫經濟改變了一切。火車站對面的小舖子，如果拆掉後改建大樓並分成單位出售，能賺很多錢。有人查登記簿而發現，土地屬於父親和二伯，法律上沒有四叔的份。本來大家理都不理的小塊土地，這時候竟值幾億日圓，倘由八個兄弟姐妹平等分配，數目還是很可觀。

當年在日本全國，很多小舖子變成了商業大樓，也在很多家庭發生了法律糾紛。我從中國留學回來時，官司已經打完。每年夏天去熱海溫泉的親族旅行自然停止了。

後來，我幾乎見不到父系親戚了，直到幾年前，爲了奶奶的三十二周年忌辰，大家集合。表姐千夏子由於身孕沒有來，但是表妹奈緒美來了。長年沒見的眾堂兄堂弟，多數也來了。父系親族本來大約有五十，如今擴大爲接近一百。當年的小朋友，個個都做了父母親，邊逗著小孩邊彼此聊天，眞是感慨無限。可惜，在寺院禮堂辦酒席，時間只有兩個鐘頭；剛剛見面，馬上要說再見了。平時見不到的親戚，除非一起過夜，很難談得深刻。可是，每年例行的溫泉旅行，一旦停止後，又不可能恢復。

從去年起，我開始參加新的親族旅行了。原來，結婚後，暑假、元旦都去婆家。小姑子也帶先生和孩子們來。婆家房子雖說不小，但畢竟是城市裡的公寓單位，六個大人和四個小孩待兩、三天，確實太擁擠了。於是，婆婆出了好主意，乃我們先從東京到大阪、神戶之間的婆家，第二天大家一起去附近的風景區旅行，在溫泉旅館住一夜。這樣子，大人能邊吃喝邊聊天，小孩則可盡情玩耍。

第一次是去年夏天，去了有馬溫泉。在旅館泡湯、游泳；第二天坐纜車遊覽六甲山，並嚐到聞名於世的神戶牛。今年春天去了伊勢、鳥羽。從大阪乘坐「近鐵」快車去，兩個男孩特興奮。伊勢有大神社，也有伊勢蝦、伊勢烏冬等土特產。吃得好，玩得開心，大家很快樂。暑假則去了淡路島。這次租了小巴士，搭渡輪過去，通過明石大橋回來。淡路島除了溫泉、海灘，還有日本最古老的布袋戲「人形淨琉璃」和鳴門海水渦流。雖說兩天一夜的小旅行，節目滿豐富。

我相信，孩子還小的時候，跟親戚一起去旅行過夜的記憶，他們長大後都會珍惜。正如我自己，仍然念念不忘當年去熱海潮音莊之行。

味覺的故鄉

我跟中國菜的關係，
從來沒有完全斷絕過。

我家每天三頓飯，除了當地日本菜以外，最常登場的是中國菜，其次是義大利菜了。

大學時候去中國大陸留學兩年，各方面的收穫可不少，其中我最珍惜的是語言能力，跟著就是伙食了。這說起來不無有所諷刺意義，因爲最初在北京，我跟同學們經常埋怨中國菜不好吃的。主要是當年大陸經濟還相當落後，食品供應都不夠豐富的緣故。

尤其在大學食堂吃的東西，夏天只有黃瓜番茄，冬天只有白菜豆腐。我們唯一喜歡的是早上吃的肉包子。去北京朋友家作客，最常吃到白菜水餃，還有番茄炒蛋、家常豆腐。當年老百姓很難買到瘦肉的。

每個星期一、兩次，幾個留學生結伴到外面吃飯去。大陸採用市場經濟以前，街上幾乎沒有私營餐館。我們去離學校不遠的友誼賓館、民族飯店等國營飯店的中餐部，打開菜單點咕咾肉、宮保雞丁、木樨肉、酸辣湯等等。價錢比學生食堂貴二十倍，但畢竟是大飯店做的東西，吃了令人滿意。後來當地朋友介紹的素食館，味道很不錯；四川館子的魚香肉絲也挺好吃。不過，最難忘的還是北京烤鴨，不愧爲世界幾大名菜之一。

一年以後，轉學到南方去，我馬上開始懷念北京菜了。原來以爲北京菜太鹹、太油膩。一到廣州，卻覺得粵菜太清淡，嚐不出味道來。於是，我去中國大酒店的北方餐廳，點炸醬麵吃。可是，出來的東西跟北京阿姨做的不同。學校外面的個體戶有賣炒河粉、撈麵、魚片粥，但是沒有包子、水餃、餛飩。後來，我常到茶樓吃點心去。

蝦餃、燒賣、糯米雞，樣樣都喜歡，但還是非常懷念北京的家常菜。

離開中國大陸以後，我在很多國家的唐人街吃過飯。大陸北方出來的人請客，在國外也是包餃子。所以，我跟中國菜的關係，從來沒有完全斷絕過。

幾年前，我結婚並回國定居了。先生整天在家寫作，對一天三頓飯的內容，比普通人還要關心。然而，之前我很少自己做過飯，能燒出來的東西實在有限。只好到書店去買食譜，回家後邊看邊做。這樣子，我發現了北京人吳雯小姐在日本出版的幾本書。裡面有相別已久的種種北京菜。我做了乾燒白菜、素炒青椒、番茄炒蛋、紅燒肉、糖醋排骨、咕咾肉、宮保雞丁、皮蛋豆腐，也做了包子、餃子、燒賣、蔥花餅、甚至自家流的北京烤鴨！

日本很少有正宗北京菜，先生吃了之後讚不絕口。從此我每週至少做兩、三次中國菜了。好在當年舌頭學會了地道的味兒，只要看食譜，再現原味並不困難。相比之下，其他國家如韓國的菜，因爲我沒有在當地吃過，邊看書邊做根本沒有把握。

至於第三名的義大利菜，則是我們倆到那裡度蜜月時培養了味覺的。義大利麵、比薩等，邊看食譜邊再現原味的，是我先生。

日本甜點

四季分明的日本，
外頭賣的糕點都隨著季節而變化。

剛過去的秋分，我在家自己做了「御萩」。把糯米煮好後，用研磨棒搗幾下，弄成壽司一般的橢圓後，用紅豆沙包起來即可。有趣的是秋分吃的「御萩」跟春分吃的「牡丹餅」，其實完全一樣。只是，不同的季節，以不同的花名來稱呼而已。

日本的甜點，很多是用米糕和豆沙做的。不過，米糕有糯米糕、粳米糕之分。豆沙也有紅豆沙、白豆沙之分，有的更加上山藥等不同的材料。結果，每一種甜點，吃起來還是很不一樣的。

比如說，年初吃的「鶯餅」。外邊滾上黃鶯一般淡綠色的豆粉，充滿著春天的氣氛，我從小非常喜歡。

三月三日桃花節前後吃的「櫻餅」，則是用櫻葉來捲起粉紅色糕點而做的。櫻葉是前一年初夏萌出的新葉，摘下來後用鹽醃，保存到翌年春天的。吃起來稍鹹的櫻葉，跟含豆沙的甜點一起吃，味道很不錯。

五月五日在日本是男孩的節日菖蒲節。「柏餅」是用槲樹葉夾住白色糕點的。不過，跟櫻葉不同，槲樹葉太硬不能吃。於是，吃「柏餅」時，非得先取掉葉子不可，然後專門吃裡面的糕點。「柏餅」很特別；除了豆沙餡以外，還有味噌餡的。我自己專門愛吃豆沙餡，對於味噌餡的，從小敬而遠之。

到了夏天就有「水羊羹」和「葛櫻」了。用瓊脂凝結豆沙的「水羊羹」是我姥姥的拿手菜（不知爲何她專門在元旦的時候做？），至於「葛櫻」，則一定去舖子買的。跟「櫻餅」一樣的醃櫻葉上，坐著透明葛粉抱住的紅豆沙。光看都覺得滿涼快，吃起來又極其爽快。夏天也有用竹葉捲的「水饅頭」等涼糕點。

到了九月，先得做中秋賞月時候吃的糰子。圓圓的糰子、圓圓的芋子、圓圓的柚子等，日本的中秋是準備多種圓圓的食品，以及芒穗來迎接望月的。中國式的「月餅」雖然在日本也賣，但是這邊的人不知道它原來是專門在中秋時候吃的糕點。

然後是秋分的「御萩」。除了紅豆沙以外，還有外邊滾上了黃豆粉的，和黑芝麻粉的。紅黃黑三色的「御萩」，看起來很可愛。

日本的秋天是栗子的季節。舖子裡賣「栗羊羹」、「栗饅頭」等甜點。一年四季都有的「御汁粉」，即紅豆湯，夏天可以冷的加冰淇淋吃，到了秋天則非加栗子不可了。連卡通人物哆啦A夢愛吃的「銅鑼燒」，在秋天會含有一粒栗子。

四季分明的日本，外頭賣的糕點都隨著季節而變化。不過，有些東西，一年四季甚麼時候吃都很好。例如，我的至愛「豆大福」。白色米糕皮上的黑豆豆，看起來像痲子，吃起來卻挺好吃。還有，兒子的幼兒園每年開學式、結業式，以及創立紀念日發給全體學生的「紅白饅頭」，不是米糕而是紅白一對的發麵餅，上邊火印「祝」字，真是喜氣洋洋。

姥姥的拿手菜

煮出來的栗子飯，雖說味道不差，但是我總覺得自己不及姥姥有耐性。

每到秋天，我一定想起姥姥做的栗子飯。白色米飯當中有很多黃色的栗子，看起來像水珠花樣的盛裝，漂亮得很。吃起來又很甜很香，我至今忘不了那味道。

栗子飯的做法並不複雜，只是把栗子皮兒剝好後，跟大米放在一起，加點料酒和鹽，煮一下而已。說起來簡單，但是做起來不容易，因爲生栗子的皮兒是特難剝的。當年，爲了全家八口子做栗子飯，姥姥花整個上午剝了栗子皮。

如今，我已經成家，想給先生孩子煮栗子飯吃。然而，一想到剝栗子皮兒就膽怯起來，結果總是買中國進口的冷凍栗子敷衍過去。煮出來的栗子飯，雖說味道不差，但是我總覺得自己不及姥姥有耐性。

小時候，除了母親做的飯以外，最常吃到的就是姥姥燒的飯。她住在東京東部龜有，離西部中野區的我家開車過去大約要一個鐘頭。當時，每年訪問她幾次。每次，她都爲我們準備好一些特別的菜。

如果是秋天的話，有栗子飯和柿子沙拉。不知在哪裡學來的，姥姥的拿手菜當中，有不少是半西方式的。柿子沙拉也是。用沙拉醬拌柿子、蘋果、黃瓜、馬鈴薯等，味道相當摩登。大概是看婦女雜誌或報紙登載的菜譜學的吧。再晚一點，接近年底的時候，則會有她自己做的柿子餅。把澀柿子用繩子串起來掛在房簷下，到了冬天，水分蒸發後，果子呈膠狀，吃起來很甜，好吃極了。

每年元旦，在家迎接新年以後，第二天即一月二號，大家到姥姥家拜年了。她準備傳統的年飯，包括各種紅燒蔬菜。其中，我爸爸最喜歡吃「八頭」，是一種大芋頭，由姥姥燒起來特綿好吃。

至於我們小孩，則恨不得吃「水羊羹」。用瓊脂凝結豆沙做的「水羊羹」，一般來說是夏天吃的甜點。不知爲何只有姥姥偏偏在元旦時候做。無論如何，冬天寒冷的日子，在暖暖的房間裡吃冰涼的甜點，感覺很新鮮。

當年姥姥獨居的房子不大。樓下兩間房，樓上也兩間房。她總是坐在門口邊的小房間，面前有矮桌子，一到冬天就在下邊燒煤球，上邊則蓋被子，成爲被爐的。姥姥右邊有陳舊的木頭小櫃子。好像她全部財產都集中在那兒。

上邊有佛龕，下右邊抽屜裡藏著圖章、存摺兒、錢包，還有鐵罐裡的黑糖、感冒藥等等。左邊則放著各種食品。例如，她自己做的各種鹹菜和果子酒。

記得我去中國大陸留學之前，到姥姥家打招呼。臨走時，她從那櫃子拿出兩個圓形塑料盒子來送給我。原來是酸梅乾和醃薤。平生第一次在外國生活的日子裡，我每當想家都打開兩個塑料盒子，慢慢品嚐了姥姥親手做的鹹菜。

四季之味

那不外是一年十二月，總是有不同的美味可以欣賞的意思了！

秋天到來，早晨的食桌上，開始出現梨子和葡萄。不久，柿子都要登場了。才上個月，吃了很多西瓜和桃子的。

我小時候，西瓜很便宜，一到夏天，就天天要吃。甜蜜的西瓜，卻有很多討厭的籽兒。我坐在廊簷下，邊吃瓜邊吐出瓜籽兒。長大以後去大陸，我才知道，原來中國人把西瓜籽兒烤來當零食吃。多聰明！如果我早知道籽兒也可以吃的話，當初不必那麼地憎恨的。

當年，桃子很貴，不容易吃到。母親偶爾買來時，剝熟桃的皮兒，不需要刀子，卻像幫它脫衣服。光看著，都覺得特別高級。

總的來說，跟我小時候比起來，如今的水果既便宜又好吃。兒子以爲每天早上吃水果是天經地義的事，根本想不到，僅僅三十年以前，水果比今天的蛋糕、冰淇淋還要難到手的。

比如說，他在初夏吃得飽飽的蜜瓜。每次我切開之前，他一定問道：「肉是綠色的？還是橙色的？我喜歡吃綠的，媽知道吧？」但是他不知道，當年有人生病時，才把蜜瓜當禮物送的；不管是綠色的還是橙色的，根本輪不到小朋友吃。於是，我留學時代去絲綢之路，平生第一次遇到價廉味美的哈密瓜，簡直吃個不停，結果嚴重拉肚子了。還好，好心的新疆人告訴我：吃西瓜會止瀉。從此，我把哈密瓜和西瓜輪流地吃了。

櫻桃也是初夏的味道。從前，日本山形縣產的櫻桃，雖然樣子漂亮如寶石，但是吃起來很酸，不好吃，加上價錢貴，又是一種專門當禮物的水果。記得我唸高中的時候，美國櫻桃第一次進日本市場。一粒一粒都很大很紅，而且跟糖果一樣甜。後來，國際競爭推進了農產物改良。今天，日本櫻桃都相當甜了，價錢也比過去合理得多。

春天吃的橙子，這幾年，出現了很多新的品種。以前，似乎只有酸酸的「八朔」和較甜的「伊予柑」，都果汁很少。如今受歡迎的「清見」等新品種，均很甜而且果汁豐富，加上無籽兒，連小孩都吃個不停。

我小時候憧憬不已的草莓都完全平民化了。今年初春，幾乎天天吃，也放在兒子的便當盒裡。以前，日本的草莓跟櫻桃一樣；樣子好看卻不好吃。現在可不同。直接吃也夠甜，若撒糖加奶吃，更令人拍手叫好。

從過去到現在，日本冬天水果之王，一直是橘子。即使在三十年前的窮日子，一到冬天，母親就買來一箱箱的橘子。雖說是最小的「S」種，但是味道滿不錯。每天放學回家，一下子吃五、六個，直到手掌都發黃。

多年後，我在加拿大生活時，每年聖誕節前後都出售日本產「櫻花」牌、西班牙產「克萊門坦」兩種小橘子，特受當地人歡迎。那櫻花牌橘子，就是跟我小時候在家吃的完全一樣。身在異鄉吃起來，我總覺得有點酸，是稍微想家的緣故。

從小聽大人說：日本是四季分明的國土。但不大明白那到底是甚麼意思。一來，當年沒去過別的國家，無法做比較。二來，對小孩子來說，時間過得緩慢，很難感覺到季節的變化。眞的，童年的春天，永遠是春天似的。夏天又怎麼會有一天結束？到了秋天，已記不起春夏的事情。冬天也好比是獨立的世界。所謂春夏秋冬，猶如專門在課本上出現的繞口令，從來沒有實感。

我對四季開始有感覺，是二十多歲在加拿大生活的時候。北國的冬天冷，我早就有心理準備，但是北國的冬天也特別長。之前，我以爲冬天結束後春天到來是天經地義的事，不必由我擔心。然而，在加拿大，到了二月底，窗外的風景還完全是嚴冬的。進入三月，也沒有春天要來的預兆。這麼一來，我開始著急了。難道北國沒有春天？四月在我憂鬱中過去了。然後，五月中旬有一天，氣溫急升；夏天來了。

忽然間，當地人全已脫下冬天的衣服，而改穿T恤、短褲了。外邊攤子上，有賣李子、杏子、番茄、玉米等夏天的水果、蔬菜。露天餐廳裡，大家在喝生啤酒、熱帶飲料。

北國的夏天非常美麗。我平生第一次發現大自然之美，也是當時在加拿大。七月到八月，去安大略省北部的河邊玩，那藍色的天空、綠色的森林、白色的水花，簡直是天堂的景色。可是，佳人薄命，北國的夏天亦特別短暫。八月底，有個傍晚，氣溫忽然低落，當地人若無其事地披上毛衣了。

我在海外總共待了十二年。重新搬回家鄉開始生活時，已深深明白日本四季分明是甚麼意思，也懂得欣賞了。我覺尤其難得的，是四季的食物。雖說如今在超市，一年三百六十五天幾乎買得到同樣的東西，但是應時的食品，吃起來味道就是不一樣。

特別是種類豐富的海鮮，至今不可能全靠養殖。只有春天吃得到富山灣的熒烏賊，當刺身吃眞好。那小小的烏賊，聽說晚上在海裡發光的。然後是五月的所謂「初鰹」，乃代表東京初夏的味道，正如有個老俳句說：「眼青葉，山杜宇，口初鰹。」到了苦夏，非得吃鰻魚補一補不可。大阪、京都等關西地區則有聞名的豐魚，在開水裡燙一燙，沾梅醬吃。秋天就是秋刀魚的季節。肥肥的秋刀魚烤了以後跟蘿蔔泥、土產檸檬一起吃特別棒。跟著出現「回鰹」，和五月爽口的「初鰹」不同，秋天的鰹魚很肥，實在不相上下。很多人喜歡秋鮭，我更珍惜新鮮鮭魚子。買回家後剝掉皮兒，放在醬油裡過一夜，第二天就能享受無比口福。到了冬天，則有鱈魚，做火鍋吃很好。還有，過元旦時吃的鯡魚子。

我如今深深體會到四季分明之樂。那不外是一年十二月，總是有不同的美味可以欣賞的意思了！

樹上結的傷心果

每年深秋，到處看到樹上結的柿子，有扁的也有細的，都無限誘人。

我從小在東京市區長大，很少有機會接觸到大自然。關於農業的知識也少得可憐。天天吃蔥都不知道蔥花是甚麼樣子，第一次看到跟網球一樣大而圓的花朵時，吃驚不已。更何況母親說「蔥花俗稱『蔥和尚』，因爲看起來像和尚的光頭」，我簡直目瞪口呆了。

小時候住的房子後邊，有一棵枇杷樹，是屬於隔壁寺崎家的。從我家的洗手間望出去，看到綠油油、葉子細長的枇杷樹。有一天，我發現高高的樹上結了淡橙色的果子，乒乓球那麼大，問母親後得知原來是枇杷果。

之前，我沒吃過枇杷，不知道其味，只好憑空想像。看那可愛的樣子，應該很好吃吧，會像橙子？桃子？葡萄？西瓜？但是母親說：「都不像。」

「那像甚麼呢？」我問。

「很難解釋。你吃了才知道，」她說。

寺崎家有個女兒叫貞子，跟我同歲。有幾次我向貞子提到了樹上結的果子。她母親是個明白人，領會到我對枇杷的憧憬，等果子熟了，摘下來送給我幾個。

「喔唷！」那天，從學校回來，發現食桌上籃子裡有枇杷，我高興極了。

「你盡情吃吧！」母親說。

「怎麼個吃法？」

「邊剝皮兒邊吃的。」

於是，我自己用指尖要小心剝皮兒。但是枇杷皮兒非常難剝，乾脆整個兒地放進嘴裡，未料中間有個核兒大得不得了，既硬又滑，跟玻璃球一般。

「怎麼樣？」母親問我。

「好像沒有味道。」我說。

「哈哈！那就是你憧憬許久的枇杷之味了！」母親說得眞可惡。

今天回想，除了枇杷的味道本來就相當淡泊以外，民房院子裡種的樹上自然結的果，不會像農民養、鋪子裡賣的一樣甜。但是，我年少還不懂這道理，每次在外頭看到甚麼樹上結了果子都特別嚮往，想吃得要命。

東京街頭最常見的果樹是柿。每年深秋，到處看到樹上結的柿子，有扁的也有細的，都無限誘人。可是，母親說：「人家沒摘的柿子一定是澀的。除非泡在白酒後曬乾當柿餅以外，沒辦法吃。」

初中一年級的時候，我發現，從高田馬場火車站往學校的路上有一棵柑桔樹，長期掛滿著豐滿美麗的果子。「那是柚子？還是橙子？會甜？還是酸？」我和兩個同學討論好幾番後，終於決定試一試。

人家樹上的果，理應不該擅自拿去，我們都知道。雖然稍微受良心責備，但是當沒有行人的時候，還是按原定計畫，一個人用水果刀割下並切開，另一個人馬上從書包拿出砂糖來，大家當場滾上糖後塞進嘴裡了。

結果呢？乾巴巴地一點水分都沒有，難吃極了。

又一次的失敗卻沒有叫我放棄對樹上水果的狂熱憧憬。

大學二年級的暑假，我第一次去北京待了四個星期。上午，在華僑補校進修漢語，下午和週末則到處出去玩玩。有個星期六，學校安排外國學生坐包車到萬里長城和十三陵參觀。

十三陵是明朝十三個皇帝的陵墓，位於北京西北方。一個陵墓門外，我看到幾棵蘋果樹，恰好都結有紅色小蘋果。那些樹，均不很高，才兩米左右。紅色果實也相當小，僅比乒乓球大一些。挺可愛，我想要一個了。

無論在甚麼國家，觀光地點種的蘋果是為了看的，並不是為了吃的。何況在古代皇帝埋葬地結的蘋果，千萬不應該擅自拿走。然而，我從小對樹上結的果實有強烈的嚮往，加上，那些小蘋果，看起來跟聖誕樹上的小裝飾品一般地散發著歡喜的氣氛。難道是老天爺送給我的禮物嗎？於是，我走過去伸手摘下了一個。

「嗚嗚！」

忽然間響了警笛聲。回頭看，穿著軍綠色制服的警衛員正在往我直接走上來。他腰帶上有手槍，我心裡害怕透了。顯然，人家在附近的警衛亭，目擊了我摘下蘋果的全部過程。本來我打算收下老天爺送給我的禮物；這麼一來，倒成了偷他們國家財產的外國小賊。

「罰款五塊錢！」警衛員對我說。

我匆匆地打開錢包找了五塊錢紙幣。幸虧，他沒有拉我到警察局去，也沒有檢查我的身分證；收到五塊錢罰金後開票，馬上讓我走了。

整整二十年以前，大陸的物價非常便宜。老百姓的收入，一般每個月才四、五十塊錢左右。那天我摘的小蘋果，一個竟值五塊錢，貴得離譜了。當然，那不是價錢，而是罰金，我只能怪自己了。

雖說我從小對樹上結的果實有強烈的憧憬，但是幾乎每一次都以失望而告終。最糟糕的，則是小學二年級的秋天，在家附近的神社拾了白果的那一次。

母親告訴我：「神社院子裡的銀杏樹，一棵是公的，一棵是母的。到了深秋，母樹上會結很多白果。」之前，我沒聽說過樹木都有公母之別。母親說：「銀杏樹就是很特別。白果烤起來吃，香極了。」

深秋到來了，我要拾白果吃。未料，銀杏果成熟時，果肉臭得要命，簡直跟大便一樣。原來，好吃的白果是藏在那臭肉裡的。來神社拾白果的人個個都戴著手套，我自己卻事先沒有準備，只好赤手進行作業。回家後用肥皂拚命洗，都洗不掉那味道了。

我花很長時間，在廚房自來水下面，把白果周圍的臭肉一點一點去掉，最後看到了珠寶一樣漂亮的白果。我覺得，整天勞苦都值得了。晚上去睡覺以前，我託母親烤那些白果，好讓我第二天上課之前享口福。

誰想到，她把我的寶貝白果放在火爐上後打瞌睡，結果全給燒得焦黑了。「不是故意的，」母親說。我相信她。但是，實在太糟糕了。

美麗田系列── 讓心美麗　讓生活美麗

032夢酥酥　圖文◎商少真　定價350元　超值價249元
商少眞第一本有關於夢的書，華麗而豐富的圖文，絕對讓你愛不釋手，還會尖叫卡哇依！

034涼風的味道　◎紅膠囊　定價250元
是精神的除濕機，也是心靈的洗衣機，紅膠囊以Chill out概念的圖文代表作。

035我看見聲音──王曉書聽不見的故事　圖文◎王曉書　定價230元
一個聽障生勇敢突破障礙與不便，她讓你看見希望的聲音。王曉書第一次用文字和圖畫表達自己的內心世界，是城市中最美麗的聲音。

036朵朵小語2　文字◎朵朵　圖畫◎萬歲少女　定價200元
生活裡難免有悲傷、憤怒、沮喪、被人誤解的時候……《朵朵小語2》可以是你生活中一把溫暖的熨斗，燙平你心底的寒冷與崎嶇。

037猛趣味　松山　猛◎著　郭清華◎譯　定價250元
好東西一個人不獨享，日本享樂品味專家，松山　猛的《猛趣味》，告訴你享受人生寶物的最高境界！擁有品味，就從《猛趣味》開始。

038乘瘋破浪　曾　玲◎著　定價190元
航行在藍色的大海中，傾聽海洋的聲音、感受海洋的味道，雖然是一件再浪漫不過的事，但如果你沒有曾玲刻苦、幽默，化危機爲轉機的看家本領，就趕快打開這本書陪曾玲航海去！

040冰箱開門──娃娃的快樂食譜　◎娃　娃著　◎黃仁益攝影　定價250元
如何利用剩餘材料烹調出五星級料理，三分鐘上菜會是個奇蹟嗎？即使沒有烹調經驗的人，都可以按照這本快樂食譜來「辦桌」呢！

041悲傷牛弟　◎朱亞君著　定價200元
《總裁獅子心》、《乞丐囝仔》幕後的推手──朱亞君第一本溫暖人心之作。小野、吳淡如、侯文詠、蔡康永、幾米、阿貴誠摯熱情推薦

042親愛的，我把肚子搞大了　◎于美人著　定價180元
一個急切需要精子的女人，一段克服懷孕症候群初爲人母的心情轉折，于美人大膽公開「做人」的酸甜苦辣！

043女主播週記　◎盧秀芳　定價180元
東森新聞主播盧秀芳，當初是「娃娃報新聞」，現在是主播台上資深媒體人，站在新聞工作第一線，越是危險的地方，越要勇敢向前；笑淚縱橫裡，我們看到專業的新聞光芒閃閃發亮。

045朵朵小語──飛翔的心靈　文字◎朵朵　圖畫◎萬歲少女　定價200元
這次朵朵將提供你飛翔心靈的座右銘，帶你一起穿越灰色的雲層，給你力量，爲你消除心情障礙，時時刻刻都可以展翅高飛，迎向陽光！

046快樂粉紅豬　◎鍾欣凌　定價200元
流行減肥，注重外表，笑「胖」不笑娼的社會，快樂粉紅豬鍾欣凌，在胖胖的身體裡面，重新找到自我價值的力量！

047擁抱自信人生　◎吳淡如　定價200元
吳淡如將自己坦然誠實的價值觀與人生掙扎的經驗，提供給你希望的目標與立志方向。要求自我長進，別再作繭自縛，擁有自信人生，你才可以盡情享受生命！

048找到勇氣活下去　◎胡曉菁　定價220元
人生曲折翻轉的挫折打擊，一次又一次面臨命運的搏鬥關卡，她活了下來……胡曉菁的解凍人生，一本光照身心靈的見證之書，幫助你找到愛的台階，一步一步站起來、往上爬！

美麗田系列── 讓心美麗　讓生活美麗

049有時候我們相愛　◎朱亞君　定價200元
難得一見擲地有聲的愛情散文，教你思索愛是怎麼一回事。朱亞君的愛情私語錄，測量你的幸福方向感，爲你找到愛情純粹的力量！

050我的祕密花園　文字◎李明純　圖◎陳　潼　定價200元
自由時報家庭婦女版生活專欄《我的祕密花園》集結成書，豐富的想像力，讓我們看到一個會呼吸的家。

051有時候懶一點反而好　文字◎黃韻玲　圖◎黃韻真　定價180元
黃韻玲從事音樂之路以來首次發表的個人故事，出身大家庭裡的溫馨背景、童年的旺盛表演欲，加上興趣清楚、目標明確，她一心的堅持，就是有時候懶一點，但絕對忠於自己。

052小惡童日記　◎曾　玲　定價200元
如果沒有任天堂、沒有電視機、沒有網路，你的童年會在哪裡？如果只去網咖、漫畫出租店、偶像握手會，你的童年回憶會是什麼？這是一本充滿陽光讓你接近泥土、接近趣味冒險的綠色遊樂場。

053朵朵小語──輕盈的生活　文字◎朵朵　圖畫◎萬歲少女　定價200元
人生不是短跑競賽，也不是馬拉松比賽，而是穿著適合的鞋，走自己的路！《朵朵小語──輕盈的生活》幫你找到散步人生的方法，創造每一天都是新鮮的深呼吸。

055 為自己的幸福而活　◎褚士瑩　定價200元
本書描繪了在短短十天的航程中，所帶來人生轉變的震撼，其實每個人最重要的，並不是找回過去的自己，而是在人生的段落歸零時，看似絕望的結果中，找到重新開始的契機。

056華西街的一蕊花　◎李明依　定價220元
李明依勇敢說出受虐的童年、叛逆的青春、婚姻的問題……這不是百集收視率長紅的八點檔，是她最眞實的人生！

057學校好好玩──粉紅豬的快樂學園　◎鍾欣凌　定價200元
粉紅豬一舉站上搞怪大本營，每一天都元氣滿滿，找到自信快樂表演……全書讓你大笑，喊讚啦！

058從此我們失去聯絡　◎林明謙　定價200元
如果有一天你和戀人從此失去聯絡，也不要覺得傷痕累累，因爲一定有另一個人保持著愛的能量，等你一起認眞相愛！

060童年往事　◎李昌民　定價200元
躲了日本軍閥、經歷八年抗戰、活過半世紀，退役上校老兵精神不死，絲絲入扣描寫蘇北老家，沒有悲情鄉愁，只有舊世代的純樸之美，一本讓你讀來窩心，回味無窮的散文小品。

061下一分鐘會更好　◎聶　雲　定價200元
菁英世代最Young的年輕主持人聶雲經典42招樂透人生座右銘，招招給你最實用的激勵，從生活到學業，從工作到家庭，原來人生的頭彩不在於你擁有什麼，是你相信下一分鐘永遠會更好！

062戀的芬多精　文字◎劉中薇　圖畫◎許書寧　定價200元
自由時報花編副刊繼《朵朵小語》之後超人氣專欄集結成書，愛情之中永遠不曾忘記的竊竊私語，以淚水、純眞，粹煉出一座你我內心專屬的芬芳之園，拿起《戀的芬多精》深呼吸，你會看到永恆的幸福有多深！相愛的夢有多甜！

063朵朵小語──優美的眷戀　文字◎朵朵　圖畫◎萬歲少女　定價200元
自由時報花編副刊擁有最多讀者的專欄集結成書，在蔚藍的青春天空下，在陰暗的人生暴風雨中，在星星滿天的流淚夜晚，陪著你一起實現自我！

納尼亞系列 004 Prince Caspian

納尼亞魔法王國
——賈思潘王子

C.S.路易斯◎著　張　琰◎譯　定價 200 元

前一分鐘，彼得、蘇珊、愛德蒙和露西還坐在火車站月台上，但下一分鐘，他們卻被拉回納尼亞……面對這個國家的危急存亡時刻，這四個孩子必須幫助賈思潘王子，對抗台爾瑪大軍、邪惡的米拉茲國王，挽救瀕臨毀滅的納尼亞王國……

納尼亞系列 005 The Voyage of the Dawn Treader

納尼亞魔法王國
——黎明行者號

C.S.路易斯◎著　林靜華◎譯　定價 200 元

愛德蒙與露西，連同他們那可怕的表兄弟尤斯提一起回到納尼亞王國，準備搭乘國王賈思潘的御用龍船「黎明行者號」去旅行。賈思潘決心出海尋找父王所深愛的七位勳爵，他們歷經重重驚奇的冒險，甚至一度面臨極大的危險……

納尼亞系列 006 The Silver Chair

納尼亞魔法王國
——銀椅

C.S.路易斯◎著　張　琰◎譯　定價 200 元

姬兒、尤斯提和沼澤族的泥桿兒墜落到不見天日的地底世界，不知道有沒有機會再見到他們心愛的納尼亞王國。亞斯藍派他們去找尋失蹤王子瑞里安的下落，但是他們的任務卻被擁有強大力量的「綠衣女巫」破壞。他們能夠逃離魔法的圈套？能夠破壞她的邪惡計劃嗎？

納尼亞系列 007 The Last Battle

納尼亞魔法王國
——最後的戰役

C.S.路易斯◎著　林靜華◎譯　定價 200 元

姬兒與尤斯提又再度來到納尼亞，他們發現這裡的一切都處於極度混亂狀態。迯里安國王成為聰明的猿猴「席夫特」的俘虜，而驢子「迷糊」則假扮亞斯藍。迯里安和這兩個人類的孩子眼前將有一場前所未見的硬仗要打……納尼亞魔法王國《最後的戰役》榮獲英國兒童文學最高榮譽卡尼基獎，是C.S.路易斯寫下納尼亞系列的精采完結篇。

國家圖書館出版品預行編目資料

123成人式／新井一二三著；－－初版.－－臺北市：大田出版，民92
面；　公分.－－(美麗田；064)

ISBN 957-455-390-6-(平裝)

855　　92001738

美麗田 064

123成人式

作者：新井一二三
發行人：吳怡芬
出版者：大田出版有限公司
台北市106羅斯福路二段79號4樓之9
E-mail:titan3@ms22.hinet.net
http://www.titan3.com.tw
編輯部專線（02）23696315
傳真（02）23691275
【如果您對本書或本出版公司有任何意見，歡迎來電】
行政院新聞局版台業字第397號
法律顧問：甘龍強律師

總編輯：莊培園
主編：蔡鳳儀
企劃統籌：胡弘一
美術設計：純美術設計
校對：陳佩伶／耿立予／蘇清霖／新井一二三
製作印刷：知文企業（股）公司・(04)23595819-120
初版：2003年（民92）三月三十日
定價：新台幣 200 元

總經銷：知己實業股份有限公司
（台北公司）台北市106羅斯福路二段79號4樓之9
電話：(02)23672044・23672047・傳真：(02)23635741
郵政劃撥：15060393
（台中公司）台中市407工業30路1號
電話：(04)23595819・傳真：(04)23595493

國際書碼：ISBN 957-455-390-6 /CIP: 855/92001738
Printed in Taiwan

廣告回郵
北區郵政管理局登
記證北台字11049號
免貼郵票

請沿虛線剪下，對摺裝訂寄回，謝謝！

大田出版有限公司　編輯部收

地址：台北市106羅斯福路二段79號4樓之9

電話：（02）23696315-6　傳真：（02）23691275

E-mail：titan3@ms22.hinet.net

地址：……………………………………

姓名：……………………………………

TITAN
大田出版

智　慧　與　美　麗　的　許　諾　之　地

＊請沿虛線剪下，對摺裝訂寄回，謝謝！

閱讀是享樂的原貌，閱讀是隨時隨地可以展開的精神冒險。
因為你發現了這本書，所以你閱讀了。我們相信你，肯定有許多想法、感受！

讀 者 回 函

你可能是各種年齡、各種職業、各種學校、各種收入的代表，
這些社會身分雖然不重要，但是，我們希望在下一本書中也能找到你。

名字／＿＿＿＿＿＿ 性別／□女 □男 **出生／**＿＿年＿＿月＿＿日

教育程度／＿＿＿＿＿＿

職業：□ 學生 □ 教師 □ 內勤職員 □ 家庭主婦
□ SOHO族 □ 企業主管 □ 服務業 □ 製造業
□ 醫藥護理 □ 軍警 □ 資訊業 □ 銷售業務
□ 其他＿＿＿＿＿＿

E-mail/＿＿＿＿＿＿ 電話/＿＿＿＿＿＿

聯絡地址：＿＿＿＿＿＿

你如何發現這本書的？ **書名：123成人式**

□書店閒逛時＿＿＿＿書店 □不小心翻到報紙廣告（哪一份報？）＿＿＿＿
□朋友的男朋友（女朋友）灑狗血推薦 □聽到DJ在介紹＿＿＿＿
□其他各種可能性，是編輯沒想到的＿＿＿＿

你或許常常愛上新的咖啡廣告、新的偶像明星、新的衣服、新的香水……
但是，你怎麼愛上一本新書的？

□我覺得還滿便宜的啦！ □我被內容感動 □我對本書作者的作品有蒐集癖
□我最喜歡有贈品的書 □老實講「貴出版社」的整體包裝還滿 High 的 □以上皆非 □可能還有其他說法，請告訴我們你的說法

＿＿＿＿＿＿＿＿＿＿

你一定有不同凡響的閱讀嗜好，請告訴我們：

□ 哲學 □ 心理學 □ 宗教 □ 自然生態 □ 流行趨勢 □ 醫療保健
□ 財經企管 □ 史地 □ 傳記 □ 文學 □ 散文 □ 原住民
□ 小說 □ 親子叢書 □ 休閒旅遊 □ 其他＿＿＿＿

一切的對談，都希望能夠彼此了解，否則溝通便無意義。
當然，如果你不把意見寄回來，我們也沒「轍」！
但是，都已經這樣掏心掏肺了，你還在猶豫什麼呢？

請說出對本書的其他意見：

大田出版有限公司編輯部 感謝您！